齊玉 編著

English Nine Stepping Stones
英文玖訣

You have lent me a hen.

I have lent you a hen.

三民書局

國家圖書館出版品預行編目資料

英文玖訣／齊玉編著.－－初版一刷.－－臺北市: 三
民, 2013
　　面；　公分

ISBN 978–957–14–5757–4　（平裝）

1. 英語 2. 語法

805.16　　　　　　　　　　　　　　　101027130

© 　英文玖訣

編 著 者	齊 玉
插畫設計	杜時雨
校　　正	毛振平
責任編輯	陳逸如
美編編輯	高儀芬
發 行 人	劉振強
著作財產權人	三民書局股份有限公司
發 行 所	三民書局股份有限公司
	地址　臺北市復興北路386號
	電話　(02)25006600
	郵撥帳號　0009998–5
門 市 部	(復北店) 臺北市復興北路386號
	(重南店) 臺北市重慶南路一段61號
出版日期	初版一刷　2013年2月
編　　號	S 809820

行政院新聞局登記證局版臺業字第○二○○號

有著作權‧不准侵害

ISBN　978–957–14–5757–4　（平裝）

序

我們把英文的文法架構分成九大單元，可稱之為九個要訣。

九訣是總綱，像一幢大樓的主要架構，也像一棵大樹的主要枝幹，只要能掌握這九訣，就可一窺英文的全貌，徹底打好學習英文的基礎。

筆者大學時代擔任英文家教。婚後教自己孩子的數理英文 (四個子女中，老大和老么後來分別讀清大外文系和台大外文系) 大學畢業後曾在南女教過英文。三十二年前自己開創英文補習班，擔任業餘英文教師。十年前退休，在成大電機系任兼任教授，教工程英文至今。根據筆者近五十年英文教學的經驗，深覺困擾學生的問題是英文的時態 (或時式) (tense)。將 tense 譯為「時態」較恰當，因為「時態」乃「時」間和狀「態」的組合。凡事從「時」的觀點看可分為現在、過去和未來；從「態」的角度看，可分為進行和完成，於是形成了現在式、過去式、未來式、進行式、完成式這五個基本時態 (basic tenses)。再將這五個基本時態依邏輯適度的展開，就可得到①簡單現在式 ②簡單過去式 ③簡單未來式 ④現在進行式 ⑤過去進行式 ⑥未來進行式 ⑦現在完成式 ⑧過去完成式 ⑨未來完成式 ⑩現在完成進行式 ⑪過去完成進行式 ⑫未來完成進行式 這十二種英文時態。

光看這些名稱，就已令人頭痛，更遑論如何去學又如何去用了。但是，「免驚」！世上只要是人所造的事物，再難的事都有解決之道。要搞懂這十二種時態，只要用到最簡單的數學概念就夠了，那就是時間軸 (time axis) 的觀念。若能徹底將本末、終始和先後的關係弄通，一切難題自可迎刃而解。例如很多學生弄不清現在完成進行式，舉例說明：「他已經睡了廿小時，還在睡。」這是典型的現在完成進行式，是由現在完成式 "He has slept for twenty hours." 和現在進行式 "He is sleeping." 兩個不同時態的句子組合而成的 , 只要巧妙地應用 be 動詞的變化 , 就可寫出正確的句子來 ："He has been sleeping for twenty hours." 至於上句中何以出現 "been" 這個字 , 就牽涉到另一訣：be 動詞的八態 (be, am, is, are, was, were, been 和 being) , 它又是另一個困擾學生的課題。不過 , 也請不要擔心 (no worry) , 另有一訣。

　　將 be 動詞的八態徹底弄清楚 , 再配合 6W1H (who, when, where, what, which, why, how) , 三個主要公式 (進行式 , 完成式和被動式) , 三種語氣 (平述語氣、祈使語氣和虛擬語氣) , 就可寫出成千上萬的句子 , 英文自然而然變得簡而易學了。

作者謹識

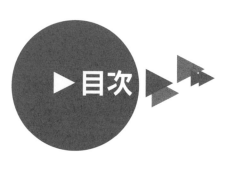

▶目次 ▶▶

由於英文在文字和文法的結構上跟中文有很大的差異，所以國人學英文受到句型語法的影響，常常遭遇一些不可預期的困難。這些困難形同一些絆腳石 (stumbling block)，若不及時搬開，絆腳石就會越堆越高，最終必堵住通往英文學習之路，使很多學習英文的人因而半途而廢或一開始就放棄了，真是令人惋惜。

1. 語言不嫌多

你也許沒有聽過：「會說國語，英文就一定說得好」；若還會說台語，對學英文更有加分的作用。英文有很多音是跟台語極為接近甚至是一樣的，例如 [ɛ] 這個音，台語有，國語卻沒有。例如台語的「矮仔」(矮子) 的「矮」就是 [ɛ] 的音。英文有短音，國語沒有，台語卻有。例如 [ɪ] 是 [i] 的短音，台語的「他」是長音 [i]，但「一」的台語就是短音，唸起來好似 [dʒɪ]。這裡只是舉一兩個例子而已，當然還有其他很多有趣的發音。

本書的重點主要是文法的基本結構。偶然聽人說：「我們從小也沒學國語文法，還不是會講國語會寫文章。」那是因為我們從小就在說國語看國字的環境裡長大，耳濡目染，習慣了，當然會講，當然會寫。事實上中文的文法是非常複雜的，舉一個有趣的例子，圓盤四周寫了五個字，如圖

五個字不管從哪一個字順時針唸都可成句。

所示，五個字從哪一個字順時針唸都可成句，請看：「心也可以清」，「也可以清心」，「可以清心也」，「以清心也可」，「清心也可以」。英文能舉出類似這樣的句子嗎？答案是否定的。有此一說：「希臘文、俄文和中文為世上三大難學的語言。」我們會中文真是一大福份。

也許有的人會說「美國小孩沒有學文法，還不是會說英語。」那也是因為他們從小就耳濡目染的緣故。事實上，美國小學生也是要學文法的，例如小學要背動詞三變化 (事實上動詞有五變)，如 see saw seen; come came come; go went gone; find found found 等。

2. 字經文法方成句

文法是規範，是一定要學的，但學會了，還要能靈活運用。例如「你是誰？」若按中文的先後順序翻譯 "You are who?" 就錯了！應該是 "Who are you?"，但是譯成中文是「誰是你？」也不通。所以中文和英文在句型上是有差異的。原來英文裡有七個疑問詞，就是六個 W 和一個 H，即 6W1H。這七個字是 who, when, where, what, which, why, how。它們有很多不同的用法，其中之一是可做「疑問詞」之用。在英文裡，疑問詞要放在句首。又如 「你為何去那裡？」 英文是 "Why do you go there?"，「你如何去那裡？」 為 "How do you go there?"，或者「你什麼時候去那裡？」為 "When do you go there?"，千萬不能按中文的順序譯成 "You when go there?"，那就大錯特錯了。

如果懂英文文法，又能記得一些常用的字彙，多加練習，就能寫出正確的句子，說出流暢的英文。學英文一定要記很多字彙 (vocabulary)，並且要徹底了解文法，不下功夫是學不好的，一定要背。有的人說不要背，不喜歡用「背」這個字，那我們用「記憶」好了，「記憶」是 "memory"，腦子裡不記一些字彙，就像媽媽的冰箱裡沒有存放 (store) 食材一樣，這樣要怎麼燒菜呢？將很多字彙組成完整的句子就是文法，那就像媽媽從冰箱拿出食材，經過處理，變成一道道可口的佳餚一樣。而媽媽做菜的方法如同文法，做出一盤盤可口的菜就像是一句句正確漂亮的句子。

3. 自然界兩大定則

學英文不要心存僥倖，沒有說不背不記不費功夫就能將英文學好的道理，原因是天下無不勞而獲的事情。英文說得好："No pains, no gains." (沒有痛苦就沒有收穫。) 或者 "No cross, no crown." (沒有十字架就沒有皇冠。) 這裡所說的記並不是強背死記，而是要有方法的記，這方法就是一種藝術 (art)。讀書是一種藝術，教書也是一種藝術，寫書又何嘗不是一種藝術呢？寫書但求以最少的篇幅，使各位用最少時間及最小能量學好英文。這最少時間 (least time) 和最小能量 (minimum energy) 就是自然界的兩大定則，即 "There are two great principles in nature: least time principle and minimum energy principle."，這也是從事任何工作者所追求的兩大原則，放諸四海而皆準。

國人學英文最大的絆腳石是在說英文時常把要講的英文句子從中文句子中一字一字地對照翻譯過去，這會造成文法和句型的錯亂。舉個簡單的例子：「我昨天跟我的弟弟在公園裡散步。」若逐字譯成英文，就成了 "I yesterday with my brother in the park take a walk.(×)"。英文句子和中文句子在字彙的安排上是有先後差異的，大部分的英文句子是主詞之後要緊接動詞，「散步」 "take a walk" 是動詞，所以要說

"I take a walk."。因為是昨天散步，所以要用過去式 took，而寫成 "I took a walk."。這就構成了整個句子的主幹，其他依序是「人」(with my brother)，「地」(in the park)，「時」(yesterday)，因此這句英文應寫成 "I took a walk with my brother in the park yesterday." 若將這句英文按字譯成中文，就成了「我散步跟我弟弟在公園昨天。」唸起來會覺得怪怪的。這是中西不同之處，字的安排先後不同。

4. 初學者的困境

記得三十多年前我在德國唸書的時候，女兒正在讀國一，那時候沒有 e-mail，越洋電話又貴，於是我跟她進行空中英文教學。她寫信問我問題 (見附錄一)，我回信解答，往返至少十天。記得她曾問：「我去，是 I go，我不去卻不是 I not go 而要寫成 I do not go，為何要多加個 do 字呢？」她又說道：「你去，是 You go。你去嗎？要寫成 Do you go? 卻又要多用這個 do 字。」她對此感到迷惑，我那時很了解剛學英文文法的女兒所遭遇的困境。(事實上，她很小時我就開始教她英文，只是還沒有碰到文法。) 我在信上用很大的篇幅說明個中的道理，不知那時候的她是否真的能懂。不過六年後，她考進了清華大學外文系。這個小插曲，說明我們國內的學生學英文普遍遇到的困難，其他還有一些瓶頸也同樣困擾著我們的學生。

這些類似的疑問在筆者從德國回國後至今的三十餘年業餘的英文教學經驗中得到了解答。筆者學的是理工，積四十餘年教學經驗，已將數理工和語文融合在一起，並且發現語言只是一種依循一些規範的訊息表達模式。對視覺而言，有「文」。「文」是一種符號 (symbol) 的表達；對聽覺而言，有「語」。「語」是一種聲音 (sound) 的傳遞。歷經數十年的探討，筆者逐漸體會到「語文數理工，基礎觀念同」的道理。原來天下的道理都是相通的，語文只是用來表達或說明道理的工具而已。有一句話說得好：「數學是一種文法嚴謹而表達生動的語言。」(Mathematics is a kind of language with rigorous grammar and vigorous representation.) 而「語言是一種組合順理而排列可懂的數學。」(Language is a kind of mathematics with reasonable combination and understandable permutation.)

5. 英文的時態令人困惑

現在我們回到文法學習的問題上來，我們的學生在學習過程中，常見的困擾是時態和詞類的混淆不清。在時態方面，以時間的先後而言，可分為現在式、過去式和未來式；以事情發展的狀態而言，可分為進行式和完成式。這些時態在我們日常生活中幾乎每天都會用到，只是我們習而不察，不知道在文法上什麼叫做「完成式、進行式、過去進行式、現在進行式、未來進行式、過去完成式、未來完成式……」罷了。我們舉一些簡單的句子來說明：

(1) 現在式

　　Q: Do you eat durian? 你吃榴槤嗎？

　　　　(這表示你的喜好，用現在式就可以。)

　　A: Yes, I eat durian. (或 Yes, I do.) 是的，我吃榴槤。

　　　　(表示我吃榴槤，對榴槤沒有反感，也用現在式回答。)

(2) 過去式

　　Q: Did you eat durian? 你曾吃過榴槤嗎？

　　　　(表示過去是否吃過，當然用過去式。)

A: Yes, I ate durian. (或 Yes, I did.) 是的，我曾吃過。

(用過去式，表示過去的經驗。)

(3) 完成式

Q: Have you eaten durian? 你吃了榴槤嗎？

(表示是否完成某一個動作，用完成式。)

A: Yes, I have eaten durian. (或 Yes, I have.) 是的，我吃過了。

(用完成式回答，表示曾經做過這件事，但未表明過去什麼時候做過。)

(4) 進行式

Q: What are you eating? 你正在吃什麼？

(表示某件事情在進行中，用進行式。)

A: I am eating durian. 我正在吃榴槤。

(我在做某件事，所以用進行式。)

(5) 未來式

Q: I will buy durian tomorrow. Will you eat it tomorrow?
我明天會買榴槤。你明天會吃它嗎？

A: Yes, I will. 是的，我會。

No, I won't. 不，我不會。

(表示現在沒有發生，未來才發生的事，當然要用未來式。)

(6) 過去進行式

Q: When I visited you last night, what were you doing? 或 What were you doing when I visited you last night?

(表示在過去某一段時間裡正在做什麼，所以用過去進行式。)

A: When you visited me last night, I was eating durian.
當你昨夜拜訪我時，我正在吃榴槤。

事實上，英文有 12 種時態，是英文文法的主軸，在本書中，我們特別強調 12 種時態的說明、分析和用法，所以占的篇幅最多。(請參看第四訣。)

6. 英文的詞類──一式二形三級四格五變

詞類的用法也困擾著我們的學生。首先我們必須知道英文有八大詞類，那八大？有的學生回答說：「主詞、受詞……」那就錯了。這就像有人問：「建房子的基本材料是什麼？」若回答：「玄關、大門、客廳……」也錯了一樣。應該是「水泥、磚、沙……」英文的八大詞類是「副詞、名詞、形容詞、代名詞、動詞、介系詞、連接詞和感嘆詞。」後面三個詞永遠不變，但前五個詞類是有變化的。有歌訣云：「一式二形三級四格五變。」

一式：是指副詞的形式只有一種，將形容詞加 ly 即可。例如：

　　　polite (有禮貌的)→ politely (有禮貌地)

　　　happy (快樂的)→ happily (快樂地)

　　　slow (慢慢的)→ slowly (慢慢地)

二形：是指名詞有單數和複數兩種形態，將單數名詞後面加 s 或 es 就成了複數。例如：

	單數	複數
書	book	books
筆	pen	pens
盒子	box	boxes
手錶	watch	watches

也有例外的情形，單複數同形或單複數不同形。例如：

	單數	複數
羊	sheep	sheep (同形)
魚	fish	fish (同形)
孩子	child	children (不同形)
公牛	ox	oxen (不同形)

三級：是指形容詞有原級、比較級和最高級。將形容詞加 er 變成比較級，加 est 變成最高級。例如：

原 級	比 較 級	最 高 級
big 大的	bigger 較大的	biggest 最大的
small 小的	smaller 較小的	smallest 最小的
clever 聰明的	cleverer 較聰明的	cleverest 最聰明的
great 偉大的	greater 較偉大的	greatest 最偉大的

也有例外。有些形容詞的比較級和最高級的變化規則不同，為不規則的變化形式，例如：

原 級	比 較 級	最 高 級
good 好的	better 較好的	best 最好的
bad 壞	worse 較壞	worst 最壞
many/much 多的	more 較多的	most 最多的
little 少的	less 較少的	least 最少的

四格：是指代名詞有四個格：主格、受格、與格和所有格。例如：

▶ He sees me. (他看到我)。 (me 是 I〔我〕的受格)

▶ I see him. (我看到他)。 (I 是我的主格，而 him 是 he 的受格)

▶ I give him a book. (我給他一本書。)

　　(這裡的 him 是 he 的與格，英文的與格和受格是一樣的)

▶ He gives me a book. (他給我一本書)。

　　(這裡的 me 也是與格，跟受格的 me 同形)

▶ I give him my book. (我給他我的書。) (my 是 I 的所有格)

從這裡我們就可以看出來英文只有三個格，但德文就有四個格，所以德文比英文要難學得多〔註〕，幸好國際語言 (international language) 是英文，不是德文！請見下表來說明四個格：

主格	受格	與格	所有格
I	me	me	my
you	you	you	your
he	him	him	his
she	her	her	her
it	it	it	its
we	us	us	our
you (你們)	you	you	your
they	them	them	their

五變：是指動詞有五種變化。請見下表：

原形	第三人稱單數現在式	過去式	過去分詞	現在分詞
sing (唱)	sings	sang	sung	singing
write (寫)	writes	wrote	written	writing

通常我們只須記原形、過去式和過去分詞，所以一般所說的「動詞三變化」是指動詞五變中只須記其中三變即可。因為當主詞是第三人稱單數，現在式動詞要加 s 或 es 根本就不須背，而現在分詞是將原形動詞加 ing，也無須背。所以要背的只有三變化！這些要背的是「不

〔註〕1968～1970，我在美國念書，使用英文毫不吃力。但 1978～1981，我在德國念書，由於大學畢業後才學德文，到了德國念書非常痛苦，常常懷念英文。英文的定冠詞只有一個 "the" 字，無論是什麼格，前面的定冠詞永遠是 "the"，但德文的名詞分陽性，陰性和中性 (其定冠詞分別是 der、die 和 das)，配合四個格，所以定冠詞共有 3×4 = 12 種！

規則動詞」，一定要熟背，例如：

中譯　變化形式	原形	過去式	過去分詞
看	see	saw	seen
聽	hear	heard	heard
發現	find	found	found
借	lend	lent	lent
買	buy	bought	bought
來	come	came	come

　　至少要背 150 個不規則動詞的三變化！別怕，不難，一天只要背 5 個，一個多月就背完了，學英文是毅力和耐力的表現，各位可藉學習過程磨練心志。大部分的動詞是「規則動詞」，只要在原形動詞後面加 ed 就成了過去式和過去分詞。例如：

中譯　變化形式	原形	過去式	過去分詞
工作	work	worked	worked
走路	walk	walked	walked
幫助	help	helped	helped
收到	receive	received	received
接受	accept	accepted	accepted
改善	improve	improved	improved

7. 詞類的變化

　　在英文的八大詞類中，最常見的詞類變化是前五種中的名詞、形容詞和動詞。例如：succeed 這個字是規則動詞，為「成功」之意。三態變化為：succeed succeeded succeeded，此字還有其餘變化，請參見下表。

詞 性	中 譯	例 句
動 詞 succeed	成功	He succeeded. 他成功了。
名 詞 success	成功	I am proud of his success. 我以他的成功為傲。
形容詞 successful	成功的	He is a successful engineer. 他是個成功的工程師。
副 詞 successfully	成功地	He did it successfully. 他成功地做了這件事。

有些字只有形容詞和名詞的變化，例如：

eligible (適任的)→ eligibility (適任)	humid (潮濕的)→ humidity (溼氣)
difficult (困難的)→ difficulty (困難)	possible (可能的) → possibility (可能性)
aware (警覺的)→ awareness (警覺)	absurd (荒謬的) → absurdity (荒謬)

有些字則是名詞和動詞同形，例如：

water ⎰ I drink water. 我喝水。 (做名詞用)
⎱ I water the flowers. 我澆花。 (做動詞用)

　　這跟國字的「夢」一樣，可當動詞用，例如「作夢」。也可當名詞用，例如「美夢」。這些詞類的互動變化，在英文的學習過程中，是非常重要的。多留意多體會，自然就懂。學好英文無捷徑 (There is no short-cut to learning English.)，唯一個「勤」字而已，當然還要有好的教材配合好的教法才行。筆者深信本書是適合國人學好英文的「踏腳石」 (stepping stone) 的讀本。名言說的好："There is no key to success, only a ladder." (通往成功無鑰匙，只有梯子。) "One of the secrets of life is to make stepping stones out of stumbling blocks." (生命的秘訣之一是將絆腳石化為踏腳石。) 相信大家只要努力學習，英文一定能成為你成功的踏腳石。

第 *1* 訣　三個關鍵字 (be、have 和 do)

這三個字 be (是)、have (有) 和 do (做) 在英文學習過程中佔有很重要的地位，一定要徹底弄懂。它們牽涉到否定句、疑問句、進行式、完成式、被動式等句型。

1–1 be (是)

「我是」、「你是」、「他是」、「它是」不管主詞是誰，都是「是」，這是中文的特色，大家一視同仁。但是英文裡，「我是……」的英文是 "I am..."，「你是……」是 "You are..."。請參見下表：

I am (我是)	We are (我們是)	(1–1)
You are (你是)	You are (你們是)	
He is (他是)	They are (他們是)	
She is (她是)	It is (它是 / 牠是)	

其中 I (我) 跟的是 "am"，"are" 供第二人稱 you (你) 和所有人稱複數用，"is" 供第三人稱單數用，分得清清楚楚。不過中文卻是天下一家親，大家都用「是」。請看以下例句：

▶ I am a doctor. (我是醫生。)　　　　　　　　　　　　(1–2)

▶ You are a lawyer. (你是律師。)　　　　　　　　　　(1–3)

▶ He is a soldier. (他是士兵。)　　　　　　　　　　　(1–4)

▶ She is a teacher. (她是老師。)　　　　　　　　　　(1–5)

▶ It is tiger. (牠是老虎。)　　　　　　　　　　　　　(1–6)

句中底線所標示的 am, is, are 稱為 be 動詞。be 動詞的英文是 "verb to be"，be 動詞是一個很令國人困擾的字，我們會逐一說明。若有人問「be 動詞包括那幾個字？」回答是 "am, is, are"。am, is, are 的原形動詞是 be。換言之，am 的原形動詞是 be，is 的原形動詞是 be，are 的原形動詞也是 be。既然 am, is, are 是動詞，當然就有五變，請看下表 (列表是為了方便說明，學生學英文可別死背表格，要用實例去學)。由下表可知單單一個 be 動詞就有八種形態：

▶ be, am, is, are, was, were, been, being　　　　　　　　　　(1–7)

原形動詞	不同人稱的 be 動詞	過去式	過去分詞	現在分詞
be	am (僅供第一人稱 I 用)	was	been	being
be	is (供第三人稱單數用)	was	been	being
be	are (供第二人稱單數和所有人稱複數用)	were	been	being

　　以上是 be 動詞的八種形態，其中令人困惑的是 been 和 being，這些我們都會慢慢說明清楚。只要按部就班，一點一滴地去學，就會覺得英文原來是如此地簡單。有句英文俗語說：

▶ Inch by inch, it's a cinch.　　　　　　　　　　　　　　　(1–8)

字面上的意思是「一吋一吋地做，那是件容易的事。」我們可譯得簡單又押韻：「按部就班，事情簡單。」將 inch (吋) 前加一個字母 c 成為 cinch (容易之事)。be 動詞後面除了名詞之外 (例句 1–2～1–6)，也可接形容詞。例如：

▶ I am hungry. (我餓了。)　　　　　　　　　　　　　　　(1–9)

▶ You are thirsty. (你口渴。)　　　　　　　　　　　　　(1–10)

▶ He is angry. (他生氣。)　　　　　　　　　　　　　　　(1–11)

▶ She is happy. (她高興。)　　　　　　　　　　　　　　　(1–12)

▶ It is dirty. (牠骯髒。)　　　　　　　　　　　　　　　(1–13)

1–2 進行式的表示法

進行式少不了 be 動詞。中文進行式的表達為：

▶「他<u>正在</u>吃一個梨子。」 (1–14)

其中「<u>正在</u>……」是進行式。但在英文裡，沒有「正在」這兩個字。若要用英文表達進行式中的「正在」兩個字，該用下列的句型做表示：

> to be + 現在分詞 → 進行式 (1–15)

對母語是英文的人而言，他們不必背公式，平時說習慣了，自然會說出像下列的句子來。例如：

▶ He is <u>eating</u> a pear. (他<u>正在</u>吃一個梨子。) (1–16)

(1–15) 中 to be 是不定詞 (infinitive)，所以動詞的形態要跟著主詞和時態而變，例如：

I am eating a pear. (1–17)

She is eating a pear. (1–18)

You are eating a pear. (1–19)

It is eating a pear. (1–20)

We are eating pears. (我們正在吃梨子。)〔註〕 (1–21)

這類句子是永遠寫不完的。只要能把握 be 動詞的形態，任何進行式的句子都可寫得出來。在這一訣裡，我們當然不會一口氣把 be 動詞的用法全部寫完，那樣太枯燥乏味了，因為還有些基本的文法沒有談到，所以先就到此打住。以後我們還會反覆提到 be 動詞的八種形態：

▶ be, am, is, are, was, were, been, being (1–22)

〔註〕若是 "We are eating a pear." 就表示「我們正在吃一個梨子。」一個梨子我們一起吃。文法沒有錯，但是覺得很奇怪。

而 am, is, are 的基本三變化是：

變化形式	原形	過去式	過去分詞	
	am	was	been	(1–23)
	is	was	been	(1–24)
	are	were	been	(1–25)

1–3 have (有)

　　have (有) 這個字在英文裡不只是有沒有的「有」或者是你有、我有、他有、她有、它有、牠有、我們有、你們有、他們有的「有」，還有其他重要的用法。讓我們一點一點地來看，總歸一句話，「按部就班，事情簡單」。例如：

I have a car. (我有一輛車。)　　　　　　　　　　　(1–26)

You have a car. (你有一輛車。)　　　　　　　　　 (1–27)

He has a car. (他有一輛車。)　　　　　　　　　　 (1–28)

　　注意當主詞是第三人稱單數時，「有」就要從 "have" 變為 "has"。千萬不要以為當主詞是第三人稱單數時現在式動詞要加 s，就把 have 寫成 haves(×)，這是初學英文的學生很容易犯的錯。

She has a car. (她有一輛車。)

We have a car. (我們有一輛車。)

They have a car. (他們有一輛車。)

既然「有」是動詞，我們也一定要背熟三變化：

變化形式	原形	過去式	過去分詞	
	have	had	had	(1–29)
	has	had	had	(1–30)

表示過去的狀態要將 "have" 改成過去式的 "had"。例如：

I had much money. (我曾經有很多錢。) (表示過去有很多錢)　　(1–31)

請再看下列的句子：

▶ I have a villa. (我現在有一棟別墅。)　　　　　　　　(1–32)

▶ I had a villa. (我曾經／以前有一棟別墅。)　　　　　(1–33)

1–4 完成式的表示法

接下來說明 have (有) 在完成式中所扮的角色。例如：

「我已經吃了一個梨子。」　　　　　　　　　　　　　(1–34)

這句話的「已經」表示「完成」的意思，表示一件事已經做完，所以叫做完成式。這完成式的英文怎麼寫？我們借用台語來學「完成式」，那就最簡單不過了。例如「我已經吃了一個梨子。」這句話用台語講就成了：

「我有吃一個梨子。」　　　　　　　　　　　　　　　(1–35)

請試著將正確的動詞形式填入下列空格處。

▶ I have ＿＿＿＿ a pear.　　　　　　　　　　　　(1–36)

句中的空格該填入 "eat" 還是 "ate" 呢？答案是兩者皆不可。空格中該填入的是 eaten 才對！eat 的三態變化為：eat ate eaten　　(1–37)

所以正確的完成式是：

▶ I have eaten a pear.　　　　　　　　　　　　　　(1–38)

因此我們得到了完成式句型的文法規則：

to have + 過去分詞　　　　　　　　　　　　　　　(1–39)

(1–39) 中 to have 是不定詞，所以動詞 have 要跟著主詞和時態做變化，例如：

$\begin{cases}\end{cases}$

You have eaten a pear. (你已經吃了一個梨子。)　　　　(1–40)

He has eaten a pear. (他已經吃了一個梨子。)　　　　(1–41)

She has eaten a pear. (她已經吃了一個梨子。)　　　　(1–42)

The tiger has eaten a rabbit. (這老虎已經吃了一隻兔子。) (1–43)

He has gone there. (他已經去了那裡。)　　　　　　(1–44)

She has come here. (她已經來到這裡。)　　　　　　(1–45)

要徹底學會英文的完成式，一定要背動詞的三變化。下面是常用的不規則動詞變化：

中譯 ＼ 變化形式	原形	過去式	過去分詞	
看	see	saw	seen	(1–46)
發現	find	found	found	(1–47)
打破	break	broke	broken	(1–48)
借	lend	lent	lent	(1–49)
寫	write	wrote	written	(1–50)
讀	read	read	read	(1–51)
做	do	did	done	(1–52)
喝	drink	drank	drunk	(1–53)
來	come	came	come	(1–54)
去	go	went	gone	(1–55)
睡	sleep	slept	slept	(1–56)
建造	build	built	built	(1–57)

接下來，讓我們利用上方的動詞來練習一些完成式的句子：

▸ I have seen a bee. (我已經看到一隻蜜蜂。)　　　　(1–58)

▸ He has found a hive. (他已經發現一個蜂窩。)　　　　(1–59)

▸ She has lent me a hen. (她已經借給我一隻母雞。)　　(1–60)

▸ You have broken a plate. (你已經打破一個盤子。)　　(1–61)

▶ It has drunk much water. (牠已經喝了很多水。) (1–62)

▶ We have built a villa. (我們已經建造了一棟別墅。) (1–63)

▶ I have done my homework. (我已經做完我的功課。) (1–64)

She has lent him a hen.

1–5 do (做)

"do" 這個字最明顯的解釋是「做」。它也會隨著主詞和時態而有所改變，請看下列例句：

I do my homework. (我做我的功課。) (1–65)

You do your homework. (你做你的功課。) (1–66)

He does his homework. (他做他的功課。) (1–67)

She does her homework. (她做她的功課。) (1–68)

We do our homework. (我們做我們的功課。) (1–69)

They do their homework. (他們做他們的功課。) (1–70)

1–6 用 do 做疑問句

現在為各位介紹 "do" 的另外一種用法。在英文裡 "do" 這個字很奇妙，疑問句也要用到它，這是什麼緣故呢？原來在英文裡沒有疑問詞「嗎」、「麼」、「呢」、「呀」等。那麼要如何才能寫出疑問句呢？請看一下疑問句是怎麼形成的。

你去。 → 你去嗎？ (1–71)

You go. → Do you go?

他來。 → 他來嗎？ (1–72)

He comes. → Do he comes? (×) (1–73)

前面已說明 do 會隨著主詞和時態不同而有所改變。而 do 後面的動詞都會改為原形動詞，故上方句子的正確寫法應由：

▶ "Do he comes." 改為 "Does he come?"。 (1–74)

再複習一次：英文不像中文裡有疑問詞「嗎」、「麼」、「呢」等字，加到句子後面就成了疑問句。英文的疑問句則是要在句子前面加一個 "do" 或 "does"，若是過去式，要把 do 或 does 改為 "did"。所以「說英文是不能賣關子的」。疑問句一開頭就要用到 "do" 或 "does"。換句話說，只要句子是用 do、does 或 did 開頭，就立刻知道那是疑問句。請看下列例句：

Does he drink much water? (他喝很多水嗎？)　　　　　　(1–75)

Did he drink much water yesterday? (他昨天喝很多水嗎？)(1–76)

Do you go to Taipei? (你去台北嗎？)　　　　　　　　　(1–77)

Did you go to Taipei yesterday? (你昨天去台北嗎？)　　　(1–78)

Does he come here? (他來這裡嗎？)　　　　　　　　　　(1–79)

Did he come here yesterday? (他昨天來這裡嗎？)　　　　(1–80)

Do you eat apples? (你吃蘋果嗎？)　　　　　　　　　　(1–81)

Did you eat an apple yesterday?　　　　　　　　　　　(1–82)
(你昨天吃了一個蘋果嗎？)

Did you write a letter yesterday? (你昨天寫了一封信嗎？) (1–83)

1–7 用 do 做否定句

"do" 的另一用法是否定句。例如：

I go. (我去。)　　　　　　　　　　　　　　　　　　　　(1–84)

I do not go. (我不去。) 不可寫成 "I not go."(×)　　　　(1–85)

英文的否定句還要多加一個 "do"，這個 do 加進去不能解釋成「做」，否則就成了「我做不去。(×)」那就怪了。其實放個 "do" 到句子裡，站在結構的觀點來看是很合邏輯的，甚至是很合乎科學的。請看下列的例句：

$$\begin{cases} \text{You go. (你去。)} & \text{(1–86)} \\ \text{You do not go. (你不去。)} & \text{(1–87)} \\ \text{You did not go yesterday. (你昨天沒去。)} & \text{(1–88)} \end{cases}$$

若是過去式，只要將 "do/does not" 改為 "did not" 即可。請看下列的例句：

$$\begin{cases} \text{他去。 (He goes.)} & \text{(1–89)} \\ \text{他不去。 (He does not go.)} & \text{(1–90)} \end{cases}$$

遇到第三人稱單數現在式，只須將 "do not" 改為 "does not" 即可，後面的動詞一樣維持原形。 這就是 "do" 這個字的妙用。

$$\begin{cases} \text{He did not go yesterday. (他昨天沒去。)} & \text{(1–90a)} \\ \text{He comes. } \rightarrow \text{ He does not come.} & \text{(1–91)} \\ \text{(他來。)}\qquad\text{(他不來。)} \\ \text{He came. } \rightarrow \text{ He did not come.} & \text{(1–92)} \\ \text{(他曾來過。) (他不曾來過。)} \end{cases}$$

從上面的說明可看出疑問句和否定句都須用到 "do"。當然，若句子中有 be 動詞，則其疑問句和否定句就變得非常簡單。若為疑問句的話則將 be 動詞置於主詞之前即可。若是為否定句的話，則將 not 置於 be 動詞之後。例如：

$$\begin{cases} \text{He is a doctor. (他是醫生。)} & \text{(1–93)} \\ \text{Is he a doctor? (他是醫生嗎？) (疑問句)} & \text{(1–94)} \\ \text{He is not a doctor. (他不是醫生。) (否定句)} & \text{(1–95)} \\ \text{She is hungry. (她餓。)} & \text{(1–96)} \\ \text{Is she hungry? (她餓嗎？) (疑問句)} & \text{(1–97)} \\ \text{She is not hungry. (她不餓。) (否定句)} & \text{(1–98)} \end{cases}$$

以下是初學英文的學生常犯的錯誤，例如：

▶ Do you hungry? (×)　　　　　　　　　　　　　　　　(1−99)

此為一錯誤的用法。hungry 是形容詞，所以須用 be 動詞來問。而 you 所搭配的 be 動詞為 are，故正確說法應為：

▶ Are you hungry? (你餓嗎？)　　　　　　　　　　　　(1−100)

▶ Are you go there? (×)　　　　　　　　　　　　　　(1−101)

此也為一錯誤的用法。go 是動詞，主詞為 you，所以句子前面第一個字要用 do 問。故正確的說法應為：

▶ Do you go there? (你去那裡嗎？)　　　　　　　　　(1−102)

　　英文有時也見到同一字有不同詞性、意思與用法，此時要格外注意相關的搭配用法。例如：

▶ Are you like your father? (你像你父親嗎？)　　　　(1−103)

▶ Do you like your father? (你喜歡你父親嗎？)　　　(1−104)

其中 (1−103) 的 like，作「像」，是形容詞；(1−104) 的 like 作「喜歡」，是動詞，所以疑問句的開頭分別是 Are 和 Do！〔註〕

〔註〕有一個真實的笑話：一位養豬的老闆對他的外國客戶說他很喜歡他的豬，竟然說成 "I am like my pig." (我像我的豬。) 顯然他的英文文法沒有讀通，鬧出笑話，正確的說法是 "I like my pig." 才對。

練習

1. 你想喝什麼？ → What _____ you want to drink?

2. 你想喝水嗎？ → _____ you want to drink water?

3. 妳今晚有空嗎？ → _____ you have free time tonight?

4. 她喝咖啡嗎？ → _____ she drink coffee?

5. 你是學生嗎？ → _____ you a student?

6. 她生氣嗎？ → _____ she angry?

7. 她是老師嗎？ → _____ she a teacher?

8. 你不怕我。 → You _____ not afraid of me.

9. 早起的鳥有蟲吃嗎？ → _____ the early bird catch the worm?

10. 我不想坐在這裡。 → I _____ not want to sit here.

11. 你不想要坐在這裡嗎？ → _____ you want to sit here?

12. 他想要坐在這裡嗎？ → _____ he want to sit here?

13. 他每天寫一封信給她嗎？ → _____ he write her a letter every day?

14. 你何時就寢？ → When _____ you go to bed?

15. 他何時吃早餐？ → When _____ he eat his breakfast?

16. 她何時散步？ → When _____ she take a walk?

17. 你昨晚去哪裡？ → Where _____ you go last night?

18. 你昨晚在哪裡？ → Where _____ you last night?

19. 她所做的事是對的。 → What she did _____ right.

20. 你在找什麼？ → What _____ you looking for?

解答

1. do　2. Do　3. Do　4. Does　5. Are　6. Is　7. Is　8. are
9. Does　10. do　11. Don't　12. Does　13. Does　14. do　15. does　16. does
17. did　18. were　19. was　20. are

第 2 訣　be 動詞的八態

Be 動詞隨著主詞、時間的不同而分為 be, am, is, are, was, were, been 和 being 八種形態。請看下方表格。

原形動詞	不同人稱的 be 動詞	過去式	過去分詞	現在分詞	
be	am (供第一人稱單數 I 用)	was	been	being	(2–1)
be	is (供第三人稱單數用)	was	been	being	(2–2)
be	are (供第二人稱單數及所有人稱複數用)	were	been	being	(2–3)

2–1 be 動詞的八種形態

由上面的表格可看出這八態是：

▶ be, am, is, are, was, were, been, being　　　　　　　　　　(2–4)

時態是由「不同的時間」和「動作」所構成的動詞形式。我們先用 go 做例子說明幾個基本時態，然後由 go 變為 be 動詞，請看其間相對應的變化。go 的三態變化為：go went gone　　　　　　(2–5)

解說	例句	將 go 改為 be 動詞	
現在式	▶ He goes there. (他去那裡。)	▶ He is there. (他在那裡。)	(2–6)
	▶ I go there. (我去那裡。)	▶ I am there. (我在那裡。)	(2–7)
過去式	▶ He went there. (他曾去那裡。)	▶ He was there. (他曾在那裡。)	(2–8)
未來式	▶ He will go there. (他會去那裡。)	▶ He will be there. (他將去那裡。)	(2–9)
完成式	▶ They have gone there. (他們已經去了那裡。)	▶ They have been there. (他們曾去過那裡。)	(2–10)
進行式	▶ He is going there. (他正去那裡。)	▶ He is being there. (罕用) (他正在那裡。)	(2–11)

(2–11) 句 "He is being there." (他正在那裡 。) 這種進行式中 be 動詞
句子平常是很少用的,最簡單的說法是 "He is there." 就好了。但為了
以後學被動式中的「進行的被動式」,必須先了解 be 動詞的進行式。

2–2 be 動詞的五種時態

　　同樣的道理,若主詞是 I,則有以下的幾個句子:

I am here. (我在這裡。)	(2–12)
I was here. (我曾在這裡。)	(2–13)
I will be here. (我將在這裡。)	(2–14)
I have been here. (我已經在這裡。)	(2–15)
I am being there. (我正在這裡。) (罕用)	(2–16)

若將 I 改為 they,be 動詞也要跟著變:

They are here. (他們在這裡。)	(2–17)
They were here. (他們曾在這裡。)	(2–18)
They will be here. (他們將在這裡。)	(2–19)
They have been here. (他們已經在這裡。)	(2–20)
They are being here. (他們正在這裡。) (罕用)	(2–21)

若能掌握 be 動詞,就能寫出很多不同的句子,現在用 hungry (餓) 為
例子說明不同形態 be 動詞的用法,例如:

I am hungry now. (我現在餓了。)	(2–22)
I was hungry yesterday. (我昨天很餓。)	(2–23)
I will be hungry tomorrow. (我明天將會餓。)	(2–24)
I have been hungry for three days. (我已經餓了三天了。)	(2–25)
I am being hungry. (我正在餓。) (罕用)	(2–26)

與其說 "I am being hungry." 不如簡單說 "I am hungry now."。但是我們說過，故意這樣寫是為了以後學「進行的被動式」之用。現在我們把形容詞改為名詞，看看 be 動詞的句子怎麼寫：

▶ I am a doctor. (我是醫生。) (表示現在的身份是醫生。)　　(2–27)

▶ I was a doctor. (我曾經當過醫生。)　　(2–28)

　(表示以前是醫生，現在已不是醫生。)

▶ I will be a doctor. (我將會是醫生。)　　(2–29)

　(表示現在還不是醫生，但未來會成為醫生。)

▶ I have been a doctor. (我已成為醫生。)　　(2–30)

　(表示已經當了醫生。)

▶ I am being a doctor. (我正在當醫生。) (罕用)　　(2–31)

　(表示進行式「我正在當醫生」，這種用法是少見的，最簡單的寫法是 "I am a doctor."。)

再次強調，練習 be 動詞的進行式有利於以後學習「進行的被動式」。國人學英文比較難克服的就是這個 be 動詞 (verb to be)。因為中文裡只有一個「是」字，但在英文裡，be 動詞就有 be、am、is、are、was、were、been、being 八種形態。其實當你真正了解文法的道理之後，學英文是非常容易的。英文被選為國際語言 (International Language)，其來有自。試想若把中文做為國際語言，會有什麼現象？一定有很多人早生白髮，因為太難學、太傷腦筋了。

若將時間副詞加到句子中，就更生動了。

▶ I was a doctor fifty years ago. (五十年前我是醫生。)　　(2–32)

　(表其後就不再當醫生了。當然「我現在不是醫生」。) (I am not a doctor now.)

▶ I will be a doctor next year. (我明年將成為醫生。)   (2–33)

(表示我現在仍未當醫生，不過到了明年，一切考驗都通過了，取得了醫生執照，就要當醫生了。)

▶ I have been a doctor for twenty years.   (2–34)

(我已經當醫生二十年了。)

(這表示我曾有當過二十年醫生的經驗。至於那二十年是從什麼時候開始的，由這句話看不出來。)

前面提到，I <u>am being</u> a doctor now. (我現在正在當醫生。) 這樣的句子文法沒有錯，但實際上很少這樣用。這是 be 動詞的現在進行式。

　　在文法上，be 動詞有現在式、過去式、未來式、完成式和進行式。之後我們講被動式就是要用到這些不同形式的 be 動詞，再與過去分詞配合在一起就成了「被動式」。所以學英文只要照著文法規則走，是很容易上手的。所以一定要熟練文法，然後不斷地練習，就能「熟能生巧」。「熟能生巧」的英文是：

　　▶ Practice makes perfect.　　　　　　　　　　　　　　(2–35)

照字譯是「練習製造完美」，就是國語的「熟能生巧」，就是台語的「做久就變師傅」。而這句台語正好是德語的說法：

　　▶ "Übung macht den Meister." (練習製造出大師。)　　　(2–36)

世界上的語言其實很有趣，因為很多觀念或說法都是相通的。

第 **3** 訣　三個主要公式

　　英文三個最重要的公式是 (1) 進行式 (2) 完成式 (3) 被動式。

3-1 進行式 (progressive tense)

　　進行式的句型公式是： $\boxed{\text{to be + 現在分詞} \rightarrow \text{進行式}}$ 　　　(3-1)

「我<u>正在</u>做我的功課。」句中的「正在」表示進行，英文沒有「正在」
這兩個字。要表達某一件事正在進行就要用 (3-1) 式。(3-1) 式中 "to
be" 要跟著人稱及時態變化。例如主詞是 I，就要用 "I am"，主詞是
He，就要用 "He is"，若是過去式就要用 "I was" 或 "He was"。be 動
詞有八態，所以 (3-1) 式中的 "to be" 要隨著人稱和時態變化，只要把
握基本法則，就能隨心所欲，寫出正確的句子。例如用一個簡單的句
子來說明各種不同時態的進行式：

　　▶ I do it. (我做這事。)　　　　　　　　　　　　　　　　(3-2)

(3-2) 句中的 it 表示一件事，例如 my homework (我的功課)，my
research work (我的研究工作) 等。

⑴ 現在進行式：I am doing it.　　　　　　　　　　　　　　　(3-3)

　　主詞是 I，所以 be 動詞要用 am，do 的現在分詞是 doing，所以自
　　然而然就寫出 (3-3) 句來。

⑵ 過去進行式：I was doing it.　　　　　　　　　　　　　　　(3-4)

　　時間是過去，所以要將 (3-3) 句中的 "am" 改成它的過去式 "was"。

⑶ 未來進行式：I will be doing it.　　　　　　　　　　　　　(3-5)

　　(3-5) 句中的 "will be" 就是 (3-1) 式中的 "be" 的未來形式，"will"

後要接動詞的原形，而 " be" 的原形就是 "be"。所以 (3–5) 句中自然而然就寫成 "will be"。一定不能寫成：

▶ I will am doing it. (×)　　　　　　　　　　　　　　　(3–6)

"will" 是助動詞，後面要接原形動詞，而原來 (3–3) 句中 "am" 的原形就是 be。

⑷ 未來完成進行式：I will have been doing it.　　　　　　(3–7)

(3–7) 句中的 "have been" 是 "be" 的完成式的形式，完成式的公式是：　　　　　to have + 過去分詞 → 完成式　　　　　(3–8)

(3–8) 中的 "to have" 何時用 has，何時用 had 要由主詞和時態而定，但 will 後面一定要接原形動詞。若主詞為 he 時，絕不能寫成：

▶ He will has been doing it. (×)　　　　　　　　　　　　(3–9)

要寫成：

▶ He will have been doing it.　　　　　　　　　　　　　(3–10)

⑸ 現在完成進行式：I have been doing it.　　　　　　　　(3–11)

只要將 (3–3) 句中 am 變成完成式的形態就成了 (3–11) 句。若主詞是 he，則 (3–11) 中的 I 變為 He，而 have 就必須變成 has 了。例：

▶ He has been doing it.　　　　　　　　　　　　　　　(3–12)

所以只要把握 be 動詞的變化，就可寫出不同時態的進行式。

⑹ 過去完成進行式：I had been doing it.　　　　　　　　　(3–13)

(3–13) 句中的 had 就是 (3–11) 句中的 have 之過去式。寫了這麼多，我們可以發現英文的「進行式」中主要動詞一定是現在分詞的形式，它前面的 be 動詞隨著人稱和時態而變。我們再把 be 動詞攤開來看：

$$be \begin{Bmatrix} \begin{Bmatrix} am \\ is \\ are \end{Bmatrix} & \begin{Bmatrix} was \\ were \end{Bmatrix} \end{Bmatrix} \quad been \quad being$$

(3–14)

↓　　↓　　↓　　　　↓　　　　↓

原形 現在式 過去式 過去分詞 現在分詞

用 she 為主詞，我們可立即寫出不同時態的進行式：

現　在　進　行　式：She is doing it. (3–15)

過　去　進　行　式：She was doing it. (3–16)

未　來　進　行　式：She will be doing it. (3–17)

現在完成進行式：She has been doing it. (3–18)

過去完成進行式：She had been doing it. (3–19)

未來完成進行式：She will have been doing it. (3–20)

我們不難看出來，進行式中現在分詞是主角，它前面的配角是 be 動詞，隨著人稱和時態在變，非常清晰而簡單。我們可以說英文是很美的語言，主要是因為英文的文法簡樸 (simple) 而清楚 (clear)。有句話說得好：

▶ Nature is simplicity. (3–21)

自然就是樸實無華，絕不繁文縟節。而樸實無華就是美。

▶ Simplicity is beauty. (簡樸就是美。)〔註〕 (3–22)

再回頭看 (3–14) be 動詞的五個時態。我們曾說過任何事因時間而言，有現在、過去和未來；因狀態而言，有進行和完成。這些就是五個基本時態 (當然散開來，共有 12 種時態)。英文的動詞為什麼要定五變？(一般所謂的動詞三變化是指要學生背不規則動詞的三變，即現

〔註〕已過世的賈伯斯 (Steve Jobs) 生前所追求的就是「簡約」。

在、過去和過去分詞，實際上動詞有五變。) 就是要配合這五個基本時態：原形 be 是給未來式用的；現在分詞是給進行式用的；過去分詞是給完成式用的。動詞設計成五種變化真是太美了！很合常理，很合邏輯，也很合科學。我們再用 they 當主詞寫出不同時態的進行式：

$$
\left\{
\begin{array}{ll}
\text{現 在 進 行 式：They are doing it.} & (3\text{--}23) \\
\text{過 去 進 行 式：They were doing it.} & (3\text{--}24) \\
\text{未 來 進 行 式：They will be doing it.} & (3\text{--}25)
\end{array}
\right.
$$

$$
\left\{
\begin{array}{ll}
\text{現在完成進行式：They have been doing it.} & (3\text{--}26) \\
\text{過去完成進行式：They had been doing it.} & (3\text{--}27) \\
\text{未來完成進行式：They wll have been doing it.} & (3\text{--}28)
\end{array}
\right.
$$

從 (3-3)、(3-15)〜(3-20) 以及 (3-23)〜(3-28) 句子中，可以看出 be 動詞八態用了七態：be, am, is, are, was, were 和 been，唯有 being 尚未用到。

為什麼呢？因為在之後要討論的被動式中才會用到，例如進行被動式就要用到 being，很快我們就會見到它了，別急！(No hurry!) 且看以後分解。

3-2 完成式 (perfect tense)

完成式的句型公式是： to have + 過去分式 → 完成式 (3-29)
「我已經做了我的功課。」句中的「做了」表示「完成」，英文沒有「了」這個字。要表達某人已經做了某件事，或已經完成了該事，就要用 (3-29) 式。

(3-29) 式中的 "to have" 要跟著人稱和時態作變化。 例如主詞是

I，就要用 "I have"，主詞是 He 就要用 "He has"，若是過去式就要用 "I had"、"He had"。我們看 "have" 這個動詞的五變：

$$\left.\begin{array}{c}\text{have}\\\text{has}\end{array}\right\}\quad\text{had}\quad\text{had}\quad\text{having}\tag{3-30}$$

have　　　　　had　　had　　having
↓　　↓　　↓　　↓　　↓
原形　現在式　過去式　過去分詞　現在分詞

現在我們用 "do" 當主要動詞來寫不同時態的完成式：

⑴ 現在完成式：I have done it.　　　　　　　　　　　　　(3-31)

照字面上來看，「我有做這事。」台語的完成式常用這種句型。例如「我有看到她。」(I have seen her.) 主要動詞要用過去分詞的形態，所以我們要背很多不規則動詞 (至少 150 個！) 的三變化，才會寫出更多的完成式來，例如：

do　　　　　did　　　　　done　　　　　　　(3-32)
see　　　　　saw　　　　　seen　　　　　　　(3-33)

⑵ 過去完成式：I had done it.　　　　　　　　　　　　　(3-34)

只要把 (3-31) 句中的 have 改為過去式 had 即可。

⑶ 未來完成式：I will have done it.　　　　　　　　　　(3-35)

(3-35) 句中的 have 是原形，從 (3-30) 中可看出。之前我們探討過完成進行式，有現在完成進行式，有過去完成進行式，也有未來完成進行式。但試想有沒有「進行完成式」呢？答案是否定的。為什麼呢？因為天地間任何事件只要有開始，就會有結束，也就是英文所說的：

▶ Everything has a beginning, and an end as well.　　(3-36)

沒有一件事只有開始而沒有結束的。有開始就有結束。若只有開始，永遠沒有結束，則不成為事件 (event)，這是天地間自然的法則，也是自然的道理，我們常聽說「天下無不散的筵席」就是這個道理。任何生命也是一樣。有生 (birth)，就有死 (death)。就是開始與結束。開始與結束之間的過程就是進行式。球賽一旦開始就是不斷地在進行，一直到結束。筆者現在正在寫這本書，也是進行式。例如：

▶ I am writing this book. (3−37)

但不可能一直寫一直寫，永遠寫不停！那是不可能的。一定有寫完的一天。到我寫完這本書時，就要用完成式：

▶ I have written this book. (3−38)

「三年前，我寫這本書。」 (I wrote this book three years ago.) (3−39) 或 「三年前，我開始寫這本書。」 (I began writing this book three years ago.) (3−40)

到目前為止，「我寫這本書已經三年，現在仍然在寫。」這句話就是完成進行式，而且是現在完成進行式：

▶ I have been writing this book for three years. (3−41)

用時間軸來看完成進行式，最為清楚。請參看下圖。

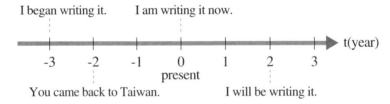

若將時間往過去推，例如兩年前，你回到台灣，那時我已經寫這本書一年了，而且還在繼續寫，這時我們就要用過去完成進行式來表達：

▶ When you came back to Taiwan two years ago, I had been writing this book for one year. (3−42)

若將時間往未來推，兩年後，你來看我，我將還在繼續寫這本書，距離我開始寫書之日將已五年，這時我們就要用未來完成進行式：

▶ When you come to visit me two years later, I will have been writing this book for five years. (3–43)

(3–42) 和 (3–43) 兩種句型分別是過去完成進行式和未來完成進行式，一般較少用。最常見的是 (3–41) 句，即現在完成進行式。

之前問過，「有沒有進行完成式？」答案是沒有！現在我們來看為何不會有進行完成式，請問可否寫出以下的句子：

▶ I am having written this book. (我正在寫完這本書。) (×) (3–44)

這句話是不通的，因為「寫完這本書」代表寫書的工作已告一段落，寫完就是寫完，沒有正在寫完這本書。我們可以說「我快寫完這本書了。」

▶ I am about to finish writing this book. (3–45)

或「我即將寫完這本書。」

▶ I will soon have written this book. (3–46)

(3–45) 和 (3–46) 表示不久未來的進行式。我們可以說：「比賽即將結束。」或「比賽快結束了。」(The game will soon be at an end.) 而不能說：「比賽正在結束。」

關於這些不同的時態 (英文共有 12 種時態)，我們還會不斷地討論，務必使讀者完全融會貫通。

3–3 被動式 (passive voice)

被動式的句型公式是：　to be + 過去分詞 → 被動式　(3–47)

例如「我的功課被我做。」句中的「被」表示被動，英文沒有「被」

這個字。要表示被動就要用 (3–47) 式。

(3–47) 中 "to be" 的說明跟 (1–15) 式中的 "to be" 完全一樣，所以在這裡就簡單帶過。「我的功課被我做」英文的寫法是：

現在被動式：My homework is done by me.　　　　　　(3–48)

我的功課被做，須用到 be 動詞加過去分詞，所以一個動詞的過去分詞會被用在完成式和被動式。(3–47) 式中的 to be 要隨著人稱和時態而變，用法跟進行式中的 be 動詞幾乎完全相同，只有一個 being 可用在被動式中，但在進行式中是用不到的。

過　去　被　動　式：My homework was done.　　　　　(3–49)

未　來　被　動　式：My homework will be done.　　　　(3–50)

現在完成被動式：My homework has been done.　　　　(3–51)

過去完成被動式：My homework had been done.　　　　(3–52)

未來完成被動式：My homework will have been done.　　(3–53)

我們平日講話不習慣用「被」字，例如「我的功課已經做好了。」(My homework has been done.)。「我的功課將做完了。」(My homework will have been done.) 這句話就是未來完成被動式。

現在進行被動式： My homework is being done.　　　　(3–54)

我們看 (3–48)，(3–49) 和 (3–50) 正好分別是現在、過去和未來被動；而 (3–54) 和 (3–51) 正好是進行和完成被動。

過去進行被動式： My homework was being done.　　　　(3–55)

有沒有未來進行被動式呢？

▶ My homework will be being done. (？)　　　　(3–56)

這樣的寫法在文法上無誤，但實際上較少使用。能不能把 (3–51)～(3–53) 加 being 變為完成進行被動式？看來又是很怪的句型。若說「我的功課已經正在被做。」似乎是很累贅的說法。所以從邏輯思考就可判斷哪些被動式是可用，哪些是不適用的。

　　我們把 be 動詞當做一般動詞來看，可以寫出五種基本時態，以「他在這裡」為例：

- 現在式：He is here.
- 過去式：He was here.
- 未來式：He will be here.
- 進行式：He is being here. (罕用)
- 完成式：He has been here.

這些用法之前都已探討過，我們常常複習，才能溫故而知新。

練習 I. (進行式、完成式、被動式)

請在練習之前熟背下列的動詞變化。

變化形式 / 中譯	原 形	過 去 式	過 去 分 詞
創立	found	founded	founded
開花	bloom	bloomed	bloomed
來	come	came	come
努力奮鬥	strive	strove	striven
寫	write	wrote	written
建造	build	built	built
製造	make	made	made
割，砍	cut	cut	cut

1. 這所大學是 1931 年創立的。→ The university was ＿＿＿ in 1931.
2. 花在開。→ The flowers are ＿＿＿.
3. 這封信寫好了。→ The letter has ＿＿＿.

4. 冬天來了。→ Winter is _____.

5. 我正在努力奮鬥。→ I am _____.

6. 他已努力奮鬥四十年。→ He has _____ for forty years.

7. 這建築物正在建造中。→ The building is _____.

8. 房屋乃由磚石所造。→ Houses are _____ of brick and stone.

9. 家僅由愛築成。→ Home is _____ of love alone.

10. 他在砍樹。→ He is _____ the tree.

Houses are built of brick and stone.

Home is made of love alone.

解答

1. founded   2. blooming   3. been written   4. coming   5. striving
6. striven   7. being built   8. built   9. made   10. cutting

練習 II. (be 動詞的用法)

1. 屋子裡有一隻老鼠。 (現在式)

There _____ a mouse in the house.

2. 屋子裡昨天有一隻老鼠。 (過去式)

There _____ a mouse in the house yesterday.

3. 屋子裡明天將有一隻老鼠。 (未來式)

There _____ a mouse in the house tomorrow.

4. 屋子裡已經有一隻老鼠。 (完成式)

There _____ a mouse in the house.

5. 屋子裡正有一隻老鼠。 (進行式)(罕用)

There _____ a mouse in the house.

※其中第(3)句中有一個助動詞 "will"，我們可以用其它的助動詞取代

這 "will"，當然意義就不一樣了。請做下列例題。

6. 一定有一隻老鼠在屋子裡。

There _____ a mouse in the house.

7. 也許有一隻老鼠在屋子裡。

There _____ a mouse in the house.

8. 應該有一隻老鼠在屋子裡。

There _____ a mouse in the house.

解答

1. is　　2. was　　3. will be　　4. has been　5. is being
6. must be　7. might be　8. should be

第 **4** 訣 　由五個基本時態引出十二種時態

　　時間 (time) 不斷的流逝，當你說「現在」的時候，現在這個時刻早已溜走，已然成了過去。上一秒過去的時間，我們無法追回。時間像江河裡的流水，不斷的流去，永不回頭〔註〕。所以什麼是「現在」，實在很難確定。

　　若以現在為基準，可把時間分為現在、過去和未來三部分。將時間用一根橫軸如圖 4−1 所示。以原點 0 表示現在，向右表示未來，例如 1 代表明天，則 2 表示後天，依此類推。從現在 (原點) 向左，表示過去，−1 表示昨天，−2 表示前天。

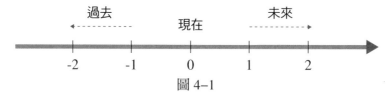

圖 4−1

　　在第四訣中，我們還要延伸第三訣中讀過的問題，並且做更詳盡的探討。

4−1 現在式、過去式和未來式

　　我們用 see (看) 做例子，說明時間軸上的三個時態 (tense)：

$\left\{\begin{array}{l}\text{現在式：I see you. (我看到你。)} \hfill (4\text{−}1)\\ \text{過去式：I saw you yesterday. (我昨天看到你。)} \hfill (4\text{−}2)\\ \text{未來式：I will see you tomorrow. (我明天將看到你。)} \hfill (4\text{−}3)\end{array}\right.$

〔註〕 What is time? (時間是什麼？) 有一句很有名的詮釋 ： Time comes from the past, flashes through the present and goes into the future. (時間來自過去 ， 閃過現在而通向未來。)

　　就一件事情的狀態而言，可分成兩類：完成式和進行式，我們再以 eat (eat ate eaten) (吃) 為例做說明：

　　現在式：He eats a pear. (他吃一個梨子。)　　　　　　　　(4-4)

　　過去式：He ate a pear. (他過去吃一個梨子。)　　　　　　(4-5)

　　未來式：He will eat a pear. (他將吃一個梨子。)　　　　　(4-6)

　　我們說「過去吃」，不一定要標示出時間來，這「過去」可能指昨天、前天、或十天前……，但只要用 "ate" 這個字，就表示是過去吃。哪怕是剛剛前一分鐘才吃，也要用 "ate"。「將會吃」(will eat) 也不一定要標明時間，這「未來」可能是指明天、後天、一個月後……，但只要用 "will eat" 就表示是未來才吃，現在還沒吃，哪怕是下一秒才吃，也是未來。

4-2 現在完成式和現在進行式

　　現在我們來探討各種時態中的完成式和進行式。前面已經說明現在完成式和現在進行式的表示法，為方便對照，我們再複習一次：

現在完成式：He has eaten a pear. (他已經吃了一個梨子。)　　(4-7)

現在進行式：He is eating a pear. (他正在吃一個梨子。)　　　(4-8)

　　(4-7) 句中的 eaten 是 eat 的過去分詞；而 (4-8) 句中的 eating 是 eat 的現在分詞。完成式和進行式的句型是要背的，我們再複習一次：

　　to have + 過去分詞 → 完成式　　　　　　　　　　　　　(4-9)

　　to be + 現在分詞 → 進行式　　　　　　　　　　　　　(4-10)

過去分詞非常重要，若不會背動詞的三態變化，就不會寫完成式。當然過去分詞還可用在被動式中。

4-3 過去完成式和過去進行式

　　現在我們看過去完成式和過去進行式怎麼表示。由 (4-7)，(4-8) 兩句話可看出，只要將其中的 has 變為 had，is 變為 was 就好了。

　　　過去完成式：He had eaten a pear.　　　　　　　　　(4-11)

　　　　　　　　　(他過去已經吃了一個梨子。)

　　　過去進行式：He was eating a pear.　　　　　　　　　(4-12)

　　　　　　　　　(他過去正在吃一個梨子。)

真是太簡單了！過去分詞和現在分詞都不變，只要改助動詞就行了。(4-9)、(4-10) 兩則文法中的 to have 和 to be 都要跟著人稱和時態而變。從這幾句英文的文法結構來看，英文是很合邏輯的語言，只要有條不紊，遵照一定的文法法則去走，就萬無一失了。

4-4 未來完成式和未來進行式

　　現在要問：「未來完成式怎麼表示呢？」這又是一個很容易的問題。未來式要用到 "will" (將) 這個字，我們把「將」(will) 放進 (4-7)「他已經吃了一個梨子。」(He has eaten a pear.) 中，就成了「他將已經吃了一個梨子。」但英文的寫法並不是：

　　▶ He will has eaten a pear. (×)　　　　　　　　　　(4-13)

　　這裡我們必須插播一個小小的訊息。那就是 "will" 是助動詞，它不是一般的動詞。它只有兩變，就是「現在式」和「過去式」，而且 will 後面要接原形動詞，例如：

　　▶ I will go. (我將去。)　　　　　　　　　　　　　　(4-14)

　　▶ You will go. (你將去。)　　　　　　　　　　　　　(4-15)

▶ He will go. (他將去。)　　　　　　　　　　　　　　　(4–16)

▶ She will go. (她將去。) 　　　　　　　　　　　　　　(4–17)

切不可寫成 → He will goes. (×) 或 She will goes. (×) 　(4–18)

更不可寫成 → He wills go. (×) 或 She wills go. (×) 　　(4–19)

(助動詞只有兩變，不能在後面加 s！)

　　了解這個文法之後，就知道 (4–13) 句中的錯誤在那裡了。只要把其中的 has 改為原形動詞 have 即可。故正確的寫法為：

▶ He will have eaten a pear. 　　　　　　　　　　　　(4–20)

　　接下來我們要問：「未來進行式怎麼表示呢？」這又是同樣簡單的問題。我們知道，未來式要用到 will (將) 這個字，只要把它放進 (4–8)「他正在吃一個梨子。」(He is eating a pear.) 中就好了，中文是：「他將正在吃一個梨子。」"He will is eating a pear." (×) 　　　(4–21)

(4–21) 是錯的！我們把剛剛講的文法再複習一遍就知道錯誤在那裡了；"will" (將) 這個字不是一般的動詞，它是助動詞，助動詞只有兩變，就是現在式和過去式，而 will 後面要接原形動詞。(4–21) 句中 will 後面是 "is"，當然不可以，所以要把 "is" 改成它的原形就對了，"is" 的原形就是 "be"！因此，要把 (4–21) 句寫成：

▶ He will be eating a pear. 　　　　　　　　　　　　(4–22)

就大功告成了！你說英文是不是很簡單？只要按照規矩來，按部就班，事情簡單 (Inch by inch, it's a cinch.)。

4–5 綜合九種不同的時態

　　現在我們把前面寫的六個句子整合在一起：

現在式 $\begin{cases} \text{完成式：He has eaten a pear.} & \text{(4-23)} \\ \text{進行式：He is eating a pear.} & \text{(4-24)} \end{cases}$

過去式 $\begin{cases} \text{完成式：He had eaten a pear.} & \text{(4-25)} \\ \text{進行式：He was eating a pear.} & \text{(4-26)} \end{cases}$

未來式 $\begin{cases} \text{完成式：He will have eaten a pear.} & \text{(4-27)} \\ \text{進行式：He will be eating a pear.} & \text{(4-28)} \end{cases}$

連同前面寫過的三個基本簡單時態：

$\begin{cases} \text{簡單現在式：He eats a pear.} & \text{(4-29)} \\ \text{簡單過去式：He ate a pear.} & \text{(4-30)} \\ \text{簡單未來式：He will eat a pear.} & \text{(4-31)} \end{cases}$

到目前為止，已經有九個不同時態的句型了。

　　現在新的問題出現了，若問道：「什麼時候用什麼式？」當然我們會說「現在發生的事用現在式，過去發生的事用過去式，未來發生的事用未來式。」沒錯。若又問：「那麼過去完成式、過去進行式、未來完成式、未來進行式又怎麼用？什麼時候用？」我們就不能再說過去發生的事用過去完成式或過去進行式了，這樣回答只對了一半。如果要把這些時態用得正確，就要照規矩來了。你或許會抱怨：「又來了，什麼都要照規矩來，又盡是些英文文法！」對！你一點都沒錯！(You are absolutely right!) 就是要照文法規則來，否則就會一團混亂。請問一個國家的人民若不守法，豈不天下大亂？幸好英文文法不像六法全書那麼多條，否則我們都會學得很辛苦。我們說過英文的文法是很合邏輯而且是很科學的。我們接下來會繼續一一說明。

4-6 現在式、過去式、未來式、進行式和完成式之實例

我們最好用實例來說明比較容易懂：

John 每天吃一個梨子，他的哥哥 (Peter) 和妹妹 (Lisa) 有以下的對話：

Peter: John eats a pear every day. (John 每天吃一個梨子。)　　　(4-32)

　　　(表示習慣要用現在式。)

妹妹聽到 John 在房裡嚼東西的聲音，就問 Peter「John 在吃什麼？」

Lisa: What is John eating?　　　　　　　　　　　　　　　　　(4-33)

Peter: He is eating a pear. (他正在吃一個梨子。)　　　　　　(4-34)

　　　(某件事情正在進行中，用進行式。)

過了一小時後，他們的媽媽買菜回來，問 Peter：「John 吃了梨子嗎？」

Mom: Did John eat a pear?　　　　　　　　　　　　　　　　(4-35)

Peter: Yes, he ate a pear. (是的，他吃了一個梨子。)　　　　(4-36)

或 Yes, he did. (是的，他吃了。) (表示發生在過去的事，要用過去式。)

過不久，John 從房裡走出來，看到廚房有梨子，正準備拿梨子吃，這時 Peter 就說：

Peter: You have eaten a pear, haven't you?　　　　　　　　(4-37)

　　　(你已經吃了一個梨子，不是嗎？)

　　　(表示已經做完某事，要用完成式。)

這時 Lisa 也走過來，問 Peter：

Lisa: When will you eat a pear? (你什麼時候將吃梨子？)　　(4-38)

Peter: I will eat a pear tomorrow. (我明天將吃一個梨子。)　(4-39)

　　　(表示未來將要發生的事用未來式。)

　　上面 (4-32)，(4-34)，(4-36)，(4-37) 和 (4-39) 五句分別是現在

式、進行式、過去式、完成式和未來式。

　　至於 (4–25)〜(4–28) 四種時態如何使用，往後會詳細說明。在往下探討之前，我們先做以下練習。

練習

1. 她每天做功課。 (現在式)

_____

2. 她已經做了功課。 (現在完成式)

_____

3. 她正在做功課。 (現在進行式)

_____

4. 她做了功課。 (過去式)

_____

5. 她過去已做功課。 (過去完成式)

_____

6. 她過去正在做功課。 (過去進行式)

_____

7. 她將做功課。 (未來式)

_____

8. 她將已經做完功課。 (未來完成式)

_____

9. 她將正在做功課。 (未來進行式)

_____

現在我們繼續探討更複雜的時態，在 4–1 到 4–6 中已討論過九種不同的時態：

[1] 現在式　　　[4] 過去式　　　[7] 未來式　　　　　　　(4–40)

[2] 現在完成式　[5] 過去完成式　[8] 未來完成式　　　　　(4–41)

[3] 現在進行式　[6] 過去進行式　[9] 未來進行式　　　　　(4–42)

請問還可能再拼湊出什麼式？當然只剩下 [2] 和 [3] 拼湊成現在完成進行式；[5] 和 [6] 拼湊成過去完成進行式；[8] 和 [9] 拼湊成未來完成進行式。這種拼湊很像數學裡的排列組合，非常有趣！

解答

1. She does her homework every day.

2. She has done her homework.

3. She is doing her homework.

4. She did her homework.

5. She had done her homework.

6. She was doing her homework.

7. She will do her homework.

8. She will have done her homework.

9. She will be doing her homework.

4-7 現在完成進行式

　　剛剛說英文文法很像簡單的排列組合 (permutation and combination)。對時間而言，有現在、過去和未來；對事情的狀態而言，可分為完成式 (已做完) 和進行式 (尚未完成，仍在進行中)。所以排列的結果有以上九種形式，再由以上九種形式組合起來，又可得三種。先討論現在完成進行式。顧名思義，有完成又有進行，怎麼表達呢？請看下表。

$$\begin{cases} \text{to have} + 過去分詞 \rightarrow 完成式 & (4\text{--}43) \\ \text{to be} + 現在分詞 \rightarrow 進行式 & (4\text{--}44) \end{cases}$$

將 (4-43) 和 (4-44) 加在一起，即構成了現在完成進行式的句型，請看下表。

to have + been + 現在分詞 → 現在完成進行式　　　　(4-45)

請看下方例句：

$$\begin{cases} \text{I have done my homework.} (我已做完我的功課。) & (4\text{--}46) \\ \text{I am doing my homework.} (我正在做我的功課。) & (4\text{--}47) \end{cases}$$

I have been doing my homework. (我已正在做我的功課。) (4-48)

　　(4-48) 的講法太奇怪，通常這種句子用在一件事已經做了一段時間，到說話的時候這件事還在進行中，通常我們要在句子後面補上時間副詞。例如：

▶ I have been doing my homework for two hours.　　　(4-49)

　　(我已做功課兩小時。) (到現在還在做。)

(4-49) 的意思可用以下的話來說明：

▶ I did my homework two hours ago, and I am still doing it now.

(兩小時前我做功課，而現在仍然在做。) (4−50)

或 I started doing my homework two hours ago, and I am still doing it.
(兩小時前我開始做功課，而現在仍然在做。) (4−51)

或 I have done my homework for two hours, and I am still doing it now. (我已經做了兩小時的功課而現在還在做。) (請看圖 4−2) (4−52)

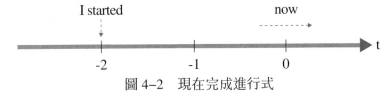

圖 4−2 現在完成進行式

請看下方例句：

▶ I have been living in Tainan for forty years. (4−53)
(我已經住台南四十年了。) (現在仍住在台南。)

▶ I have been working for him for ten years. (4−54)
(我已經為他工作了十年。) (現在仍在為他工作。)

▶ I have been teaching English for thirty-eight years. (4−55)
(我已經教英文三十八年。) (現在仍在教。)

4−8 過去完成進行式

　　顧名思義，將 (4−49)、(4−53)～(4−55) 四句中的 have 改為 had 就成了過去完成進行式。什麼時候用這種過去完成進行式？很容易，將圖 4−2 所示的時間往過去挪移，就變成過去完成進行式。請看圖 4−3，舉例說明：

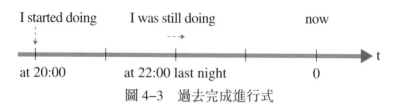

圖 4-3　過去完成進行式

昨夜 20:00 我開始做功課，兩個小時後，就是 22:00，當時你來看我，我仍在做功課，這種情形就可以用過去完成進行式：

▶ When you came to see me at 22:00 last night, I had been doing my homework for two hours.　　　　　　　　　　　　(4–56)

（當你昨夜十點來看我的時候，我已經做了兩小時功課。）

（當時還繼續在做。）

4-9 未來完成進行式

用時間軸來說明是非常簡明易懂的。只要將圖 4-2 所示的時間往未來挪移，就成了未來完成進行式。請看圖 4-4，舉例說明：

圖 4-4　未來完成進行式

明天 8:00 我將開始做功課，一直做到 10:00，做了兩個小時，那時你來看我，我仍在做，這種情況就可以用未來完成進行式來表示：

▶ When you come to see me at 10:00 tomorrow morning, I will have been doing my homework for two hours.

（當你明早 10:00 來看我的時候，我將已經做了兩小時的功課。）

（到時還會繼續在做。）

以上表面看似複雜的句子，經仔細分析後，變得簡單易懂。英文雖然共有 12 個時態，但 4-8 和 4-9 所討論的過去完成進行式和未來完成進行式是較少用到的，其餘十個時態在日常生活中常用，我們用過了，不知不覺都在用，只是習而不察罷了。

4-10 英文的架構像簡單的數學

現在我們將十二種時態再做整理並且舉實例說明。

英文可看成是一種簡單的數學，因為英文本身是一種合乎科學而且順乎邏輯的語言。我們可以這樣說：

▶ The architecture of English is like simple mathematics with only addition and multiplication.

(英文的架構像簡單的數學，只具加法和乘法。)

請看以下說明：

對時間而言，有現在式 (present tense)、過去式 (past tense) 和未來式 (future tense)。如圖 4-5 中時間軸所示。

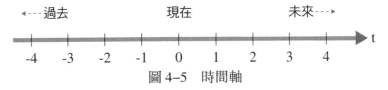

圖 4-5 時間軸

對事情的狀態而言，有完成式 (perfect tense) 和進行式 (progressive tense)，這是很容易理解的道理，而我們也一再強調這個道理。還有一種時態 (tense) 是完成進行式 (perfect progressive tense)，在 4-7 到 4-9 有詳細的說明，完成進行式表示一件事已做到某一程度且還在進行中。這樣的說法不是很矛盾的嗎？它的確是很矛盾，所以完成進行式還要補上時間才行，但時間有現在、過去和未來之分，於是就有現在完成進行式，過去完成進行式和未來完成進行式，看起來好像很煩，其實是無比的簡單！

現在我們用簡單的數學式來表達英文的十二個時態〔註〕：

$$(a + b + c)(1 + x + y + xy) = a{+}b{+}c + ax{+}bx{+}cx + ay{+}by{+}cy + axy{+}bxy{+}cxy \tag{4-56a}$$

若 a 表現在式，b 表過去式，c 表未來式，x 表完成式，y 表進行式，xy 表完成進行式，則 (4–56a) 式右邊共 12 項。分別代表下列 12 個時態：

$$\begin{cases} ax \text{ 表現在完成式 (present perfect tense)} & (4\text{–}57) \\ bx \text{ 表過去完成式 (past perfect tense)} & (4\text{–}58) \\ cx \text{ 表未來完成式 (future perfect tense)} & (4\text{–}59) \end{cases}$$

$$\begin{cases} ay \text{ 表現在進行式 (present progressive tense)} & (4\text{–}60) \\ by \text{ 表過去進行式 (past progressive tense)} & (4\text{–}61) \\ cy \text{ 表未來進行式 (future progressive tense)} & (4\text{–}62) \end{cases}$$

$$\begin{cases} axy \text{ 表現在完成進行式 (present perfect progressive tense)} & (4\text{–}63) \\ bxy \text{ 表過去完成進行式 (past perfect progressive tense)} & (4\text{–}64) \\ cxy \text{ 表未來完成進行式 (future perfect progressive tense)} & (4\text{–}65) \end{cases}$$

〔註〕有人看到數學就會有種恐懼感，其實這是莫須有的感覺。事實上數學也是一種語言，比英文還簡單。我們可以說 "Mathematics is a kind of language with rigorous grammar and vigorous representation." (數學是一種語言，其文法嚴謹且表達生動。)

4-11 十二種時態的例句

接著我們以 "Sleeping Beauty" (睡美人) 為題材寫出英文的十二種時態：

簡單式	1. 現在式 Sleeping Beauty sleeps eight hours a day. 　　　(睡美人每天睡八小時。)	(4–66)
	2. 過去式 She slept last night. (昨夜她睡覺。)	(4–67)
	3. 未來式 She will sleep in the night next day. 　　　(她次日晚上會去睡覺。)	(4–68)
完成式	4. 現在完成式 She has slept for eight hours. (她已睡了八個小時。)	(4–69)
	5. 過去完成式 Before we visited her last night, she had slept for twenty hours. 　　　(在我們昨夜拜訪她之前，她已睡了二十個小時。)	(4–70)
	6. 未來完成式 By ten o'clock tomorrow morning, she will have slept for thirty hours. 　　　(明天早上十點，她將已經睡了三十個小時。)	(4–71)
進行式	7. 現在進行式 She is sleeping now. (她現在正在睡。)	(4–72)
	8. 過去進行式 When we visited her last night, she was sleeping. 　　　(當我們昨夜拜訪她的時候，她正在睡覺。)	(4–73)
	9. 未來進行式 When you visit her tomorrow morning, she will be sleeping. 　　　(當你明天上午去拜訪她的時候，她將正在睡覺。)	(4–74)
完成進行式	10. 現在完成進行式 She has been sleeping for forty hours. 　　　(她已睡了四十小時。) (還在睡。)	(4–75)
	11. 過去完成進行式 At 10 o'clock last night, she had been sleeping for thirty hours. 　　　(到昨夜十點，她已睡了三十小時。) (還在繼續睡。)	(4–76)
	12. 未來完成進行式 By 8 o'clock tomorrow morning, she will have been sleeping for fifty hours. 　　　(到明天上午八點，她將已經睡了五十小時。) 　　　(還會繼續睡。)	(4–77)

4–12 較常用的十種時態

　　在日常生活中，我們較常用的是前十種時態，後二種罕用。

請看以下 A 與 B 的對話：

A: I usually do my research work in the evening.　　　　　　(4–78)

　　(我經常在晚上做研究工作。) (表示習慣，用現在式。)

B: You seldom do your research work during the day time, right?

　　(你很少在白天做研究工作，是嗎？) (表習慣，用現在式。)　　(4–79)

A: You are absolutely right. But I did my research work during the day

　　time yesterday, and I went to bed early in the night. I slept the

　　whole night, and got up early this morning. I have a good day.

　　(你說的沒錯。但昨天白天我做研究，晚上早早就寢。我睡了整夜，

　　今早很早起床。我今天心情很好。)　　　　　　　　　　　　(4–80)

(除了 "You are absolutely right." "I have a good day." 外，其餘都要用過去式。)

B: It is said that you work as hard as a beaver, working day and night.

　　Will you change your life style?　　　　　　　　　　　　(4–81)

　　(聽說你像海獺般日以繼夜努力工作。你會改變你的生活型態嗎？)

"It is said that..." 中 It is said...(它被說)，就是「據說」、「聽說」的意思。that 後

面接子句。 "working day and night" 是現在分詞片語， 用來形容 you work as

hard as a beaver 整句。"Will you..." 是未來式。

A: Certainly I will change my life style. I will do my research work

　　during the day time in the future. (未來式)　　　　　　　(4–82)

　　(我確定會改變我的生活型態，未來我將在白天時間做研究工作。)

B: How long have you done your research work?　　　　　　　(4–83)

(你做研究工作已經多久了？)(完成式)

A: I have done my <u>research work</u> for six years.　　　　　(4–84)

(我做研究工作已經六年了。)(完成式)

(現在完成式表示曾經有六年做研究工作的經驗，是七年前到一年前共六年，或八年前到兩年前共六年，或六年前到現在共六年，不得而知，總之，曾經有六年做研究工作的經驗就是了。)

若 A 在六年前開始做研究工作，一直做到現在，而現在仍然還在做，就要用現在完成進行式：

▶ I have been doing my <u>research work</u> for six years.　　　(4–85)

(我已做研究工作六年，現在仍在繼續做。)

這句話的涵義是「六年前我開始做研究工作，從未間斷，到現在仍然還在做。」 (I began doing my research work six years ago, and I am still dong my research work now.) 請看圖 4–6。

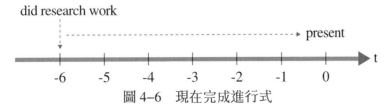

圖 4–6　現在完成進行式

再看圖 4–7，0 表示現在，X、Y 表示兩個過去時間點，而 X 在 Y 之前，也就是 X 是 Y 的過去，而 Y 本身也是過去，所以 X 可說是對 Y 而言的過去，有口訣云：「過去的過去要用過去完成式。」

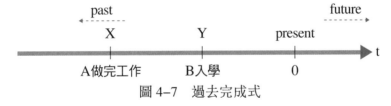

圖 4–7　過去完成式

例如 B 在時間 Y 入學 (to enter the university)，而 A 在 B 入學之前 (時間 X) 已做完研究工作，就要用過去完成式 (had done the research work)，在這種情況下 A 對 B 說：

▶ Before you entered the university, I had done my research work.
(在你進大學之前，我就已經做完我的研究工作了。)　　(4–86)
(過去完成式)

現在有另一種情況：B 將於未來某一時間 Y 離台，而 A 在這時間之前的某一時間點 X 做完研究工作，請看圖 4–8，這時就要用未來完成式，於是 A 向 B 說：By the time you leave Taiwan next year, I will have done my research work.　　(4–87)
(在你明年離台之前，我將已做完我的研究工作了。) (未來完成式)

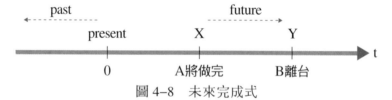
圖 4–8　未來完成式

我們再說明一次：

任何事情對時間而言，有現在 (present)、過去 (past) 和未來 (future) 之分；而對事情的狀態而言，有完成 (perfect) 和進行 (progressive) 之別。事情與時間相互搭配，就形成了很多不同時態 (tense) 的句子來。關於完成式，我們可以再舉一些例子來說明。

過去完成式：

圖 4–9　過去完成式

餐桌上有盒蛋糕 (cake)，請看圖 4–9。

Yesterday was Mary's birthday. At 12:30 her father bought a birthday cake for her and put it on the table. John, Mary's younger brother, came downstairs at 16:30 and saw the cake. He ate the cake. Mary came home after school at 17:30 and found that the cake had been eaten. Her mother came home at 18:00.   (4–88)

(昨天是 Mary 的生日。在十二點半時，父親為她買了一個生日蛋糕，並把它放在餐桌上。John (Mary 的弟弟) 在 16:30 從樓上下來，看到蛋糕就把它吃了。Mary 在 17:30 放學回家，發現蛋糕已經被吃了。她的媽媽在 18:00 回家。)

由上面的描述，根據時間的先後，我們可以寫出以下的過去完成式：

(1) Father had bought a birthday cake before John came downstairs.

   (在 John 下樓之前父親已經買了一個生日蛋糕。)   (4–89)

   (過去的過去要用過去完成式。)

(2) The birthday cake had been eaten by John.   (4–90)

   (生日蛋糕已經被 John 吃掉了。)

(3) Before Mary came home, John had eaten the birthday cake.   (4–91)

   (在 Mary 回家之前，John 已經吃了蛋糕。)

這時也可以說：

(4) John ate the birthday cake that Father had bought.   (4–92)

   (John 吃掉了父親買的生日蛋糕。)

(5) John had eaten the cake before Mother came home.   (4–93)

   (媽媽回家之前，John 已經吃了蛋糕。)

(6) Mary had come home before Mother came home. (4–94)

(媽媽回到家之前，Mary 已經回到家了。)

未來完成式：

現在改變場景，時間是今天上午 8:00，下圖 4–10 中所指示的時間是明天，當然是未來式，假設明天是 John 的生日：Father will buy a birthday cake for John at 12:30 tomorrow. He will put the cake on the table. Mary will eat the cake at 16:30. John will come home at 17:30 after school. Mother will come home at 18:00. (4–95)

圖 4–10　未來完成式

從上面的時間圖，我們可以用未來完成式寫出以下的對話：

(1) Before John comes home at 17:30 tomorrow, Mary will have eaten the cake. (4–96)

(在 John 明天 17:30 回家之前，Mary 將早已把蛋糕吃掉了。)

(2) Before Mother comes home at 18:00 tomorrow, John will have come home. (4–97)

(在媽媽明天 18:00 回家之前，John 將已回到家了。)

所以發生在未來某一時間點之前的事可用未來完成式，再舉實例說明，請看圖 4–11。

圖 4-11　未來完成式

Mother: We are going to a party tonight. John, you stay at home and do your homework. Don't watch TV or play computer games.(4–98)

John: When will you be back? (4–99)

Mother: We will be back at about 10 o'clock. (4–100)

John: By that time I <u>will have done</u> my homework. (4–101)

(4–101) 句中 "I will have done my homework." 可寫為：

I <u>will have finished</u> doing my homework. (4–102)

finish 後面的動詞要改為動名詞，所以 do 要加 ing，成為 doing〔註〕。千萬別將 (4–102) 句視為未來完成進行式！

　　英文裡有這麼多時態，好像很難，但只要把五個基本的時態做適度的組合就形成許許多多其他的時態。我們在日常生活中，幾乎天天都會用到這些時態，只是我們用慣了，習而不察罷了。只要你留意去聽，就能了解個中的道理。

　　我們再拿一句「吃梨子」為例，看看以下句子的真正涵義：

現　在　式：Do you eat pears? (你吃梨子嗎？) (4–103)

Yes, I <u>eat</u> pears. (是的，我吃梨子。) (4–104)

〔註〕"I will have finished doing..." 句中的 doing 是動名詞的 doing，而不是現在分詞的 doing。例如 I am <u>doing</u> my homework 中的 doing 是現在分詞的形式，而 I enjoy <u>doing</u> my homework 中的 doing 是動名詞的形式。雖然同樣是 doing，但其性質卻不相同。

或 Yes, I do. (是的，我吃。) (4-105)

(現在式用來表示習慣、常理等。)

過　去　式：Did you eat pears? (你吃過梨子嗎？) (4-106)

Yes, I ate pears. (是的，我吃過梨子。) (4-107)

或 Yes, I did. (是的，我吃過。) (4-108)

(過去式表示發生在過去的事情。)

未　來　式：Will you eat a pear? (你將要吃一個梨子嗎？) (4-109)

Yes, I will eat a pear. (是的，我將吃一個梨子。)(4-110)

或 Yes, I will. (是的，我將吃。) (4-111)

現在完成式：Have you eaten a pear? (4-112)

(你已經吃了一個梨子嗎？)

Yes, I have eaten a pear. (4-113)

(是的，我已經吃了一個梨子。)

或 Yes, I have. (是的，我已經吃了。) (4-114)

過去完成式：Before Mother came home, I had eaten a pear. (4-115)

(在媽媽回家之前，我已經吃了一個梨子。)

未來完成式：Before Mother comes home this afternoon, I will have eaten a pear. (4-116)

(今下午媽媽回家之前，我將已經吃了一個梨子。)

現在進行式：Are you eating a pear? (你正在吃梨子嗎？) (4-117)

Yes, I am eating a pear. (4-118)

(是的，我正在吃一個梨子。)

或 Yes, I am. (是的，我正在吃。) (4-119)

過去進行式：When I saw him last night, he was eating a pear. (4-120)

(當我昨夜看到他的時候，他正在吃一個梨子。)

未來進行式：When I go to see him tomorrow, he will be eating a pear.

(當我明天去看他的時候，他將正在吃一個梨子。) (4–121)

　　從上面九大時態的例句中可看出來，過去完成式 (4–115)、未來完成式 (4–116)、過去進行式 (4–120) 和未來進行式 (4–121) 都要用另外一件事情從旁襯托。我們不會無厘頭地說：

▶ I had eaten a pear. (我過去已經吃了一個梨子。)　　　　　(4–122)

(4–122) 句子只是在說明文法的「過去完成式」，單獨地寫這句話是沒有什麼意義的，必須要用「過去的時間」或另一件「過去的事」來襯托。例如「我昨夜就寢前吃了一個梨子。」昨夜就寢是過去的事情，而就寢之前吃了梨子，就要用過去完成式，即：

▶ I had eaten a pear before I went to bed last night.　　　(4–123)

我們也不可能突然冒出一句：

▶ I will have eaten a pear.　　　　　　　　　　　　　　(4–124)

　　同樣這也是分析文法「未來完成式」時用的句型，單獨寫這一句話會令人聽得一頭霧水，必須要用一個「未來的時間」或另一件「未來的事情」來襯托。例如媽媽每天要我吃一個梨子，早餐後準備要上學了，梨子還沒吃，媽媽催我趕快吃，我會說：「我會在上學前把梨子吃掉的。」這時所說的「上學」是未來式，而在上學 (還沒有上) 之前會吃掉梨子，吃梨子的動作也是未來式。不是現在說吃就吃，所以這個「吃梨子」的時態就要用未來完成式：

▶ I will have eaten a pear before I go to school.　　　(4–125)

這時若說：

▶ I eat a pear before I go to school.　　　　　　　　(4–126)

(我上學前吃一個梨子。)

就表示上學前有吃一個梨子的習慣，但沒有像 (4–125) 句所表示的「上學前我就會把一個梨子吃掉了。」那種意味。所以英文有這麼多 (嚴格算來有十二種) 時態是有道理的，非常科學，毫不含糊。以前筆者學英文，碰到這些什麼過去進行式、什麼現在完成進行式等等，感到好煩，好討厭，那是因為當時沒有讀通，不懂其中的道理。等到後來唸通了，才發現原來是這麼簡單，而且一定要有這麼多時態才能真正表達不同的實際情況。這跟講國語 (或台語) 是相通的。例如 A 對 B 說：「昨夜八點我打電話給你，沒人接。」於是 B 向 A 說：「我那時正在洗澡。」(I was then taking a bath.) 我們不能單獨說：

▶ I was taking a bath. (我過去正在洗澡。)　　　　　　　　(4–127)

(4–127) 句是說明文法中「過去進行式」用的句型。一定要用另一件「過去的事情」做襯托，這裡所說「過去的事情」就是「A 昨夜八點打電話給我。」所以我們可以這樣說：

▶ When you called me at 8 o'clock last night, I was taking a bath.

(當你昨夜八點打電話給我時，我正在洗澡。)　　　　　(4–128)

同樣的道理，我們不能說：

▶ I will be doing my research work.　　　　　　　　　　(4–129)

(我將正在做研究工作。)

這只是文法中「未來進行式」的例句，單獨冒出這句話是沒頭沒腦的，人家聽了會覺得莫名其妙。一定要搭配另一件「未來的事情」或一個未來的時間，例如：「明天這個時間我將正在做研究工作。」

▶ By this time tomorrow morning, I will be doing my research work.

(明天早晨此刻，我將正在做研究工作。)　　　　　　(4–130)

或用另一未來的事情做襯托，例如：

▶ When you come to my office tomorrow morning, I will be doing
my research work.　　　　　　　　　　　　　(4–131)

(當你明天上午來我辦公室時，我將正在做研究工作。)

各位看到這裡，一定對英文中不同的時態有很深的印象。仔細去探討，
必然可以融會貫通。如果還是不懂，我建議回頭再看現在式，過去式、
未來式、完成式和進行式五種基本的時態。

最後我們再看看常用的「現在完成進行式」，請詳讀以下例句：

▶ I have been studying English for ten years.　　　　(4–132)

(我學英文已十年，還在學。)

= I started to study English ten years ago. I have studied English
for ten years and I am still studying English now.　(4–133)

(我十年前開始學英文。我已經學英文十年了，現在還在學。)

▶ I have been working for 24 hours.　　　　　　　(4–134)

(我已經工作二十四小時，現在還在工作。)

= I started to work 24 hours ago. I have worked for 24 hours and I
am still working now.　　　　　　　　　　(4–135)

(我二十四小時前開始工作。我已經工作二十四小時，現在仍然
在工作。)

▶ I have been solving this problem for ten days.　　(4–136)

(我已解這題十天了，現在還在解。)

= I started to solve this problem ten days ago. I have solved this
problem for ten days and I am still solving this problem now.(4–137)

(我十天前開始解這題。我已經解這題十天了，到在還在解。)

▶ He has been sleeping for 18 hours. (4–138)

(他已睡了十八小時，還在睡。)

= He started to sleep 18 hours ago. He has slept for 18 hours and is still sleeping now. (4–139)

(他十八小時前開始睡。他已睡了十八小時，現在還在睡。)

現在我再利用 sleep 為例說明以上十種時態 (過去完成進行式和未來完成進行式除外)：

現　在　式：I sleep eight hours a day. (我每天睡八小時。)　(4–140)

　　　　　　(表示習慣，用現在式。)

過　去　式：I slept eight hours last night. (4–141)

　　　　　　(昨晚我睡了八小時。)

未　來　式：I will sleep eight hours tomorrow. (4–142)

　　　　　　(明天我將睡八小時。)

現在完成式：I have slept eight hours. (我已睡了八小時。)　(4–143)

過去完成式：Before Father came home, I had gone to bed. (4–144)

　　　　　　(在父親回家之前，我已就寢。)(過去的過去要用過去完成式。)

未來完成式：By this time tomorrow morning, he will have slept for ten hours. (明早此刻，他將已睡了十個小時。)　(4–145)

現在進行式：I am sleeping now. (我現在正在睡。)　(4–146)

過去進行式：When I went to visit him last night, he was sleeping.

　　　　　　(當我昨夜去拜訪他的時候，他正在睡覺。)　(4–147)

未來進行式：When you go to visit him tomorrow morning, he will be sleeping. (4–148)

　　　　　　(當你明天早晨去訪問他的時候，他將正在睡覺。)

現在完成進行式：He <u>has been sleeping</u> for 20 hours.　　　　(4–149)

　　　　　　　(他已睡了二十小時，還在睡。)

　　接下來是一段有趣的對話：

　　小豬 (Little Piggy) 是一個貪睡的懶孩子。前晚 12 點上床睡覺。睡到隔天中午 12 點，他還在睡，睡了一整天。當天他的爸爸下午 8 點下班回家，發現小豬已睡了 20 個小時還在睡，於是怒氣沖沖地對他媽媽說：

▶ "You see! This 'monkey boy' <u>has been sleeping</u> for 20 hours!"

　　(你看！這「猴囝仔」睡了 20 小時還在睡！)　　　　(4–150)

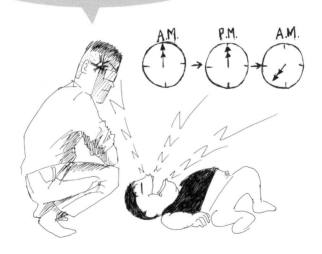

This monkey boy has been sleeping for twenty hours.

　　這就是現在完成進行式的典型句子。在日常生活中隨時都會用到或聽到。又例如小孩子通常因父母管教不當，吃飯的規矩不好，一頓飯有時吃上兩個小時都還沒吃完，於是媽媽生氣了，對著孩子說：「一碗飯吃了兩個鐘頭，還在吃！」這也是現在完成進行式，英文的寫法是："You have been eating a bowl of rice for two hours!" (4–151)

這類句型不勝枚舉，常用就成了習慣，習慣就成自然了。

4–13 再加強十二種時態的觀念

為了加強對十二種時態的了解，現在我們再用一句 "I work hard." (我努力工作。) 說明英文十二種時態 (the twelve tenses in English)。

(1) 簡單現在式

▶ I work hard every day. (我每天努力工作。) (4–152)

我們說過：「簡單現在式用於公理、習慣或陳述事實。」朋友問你："Do you work hard?" (你努力工作嗎？) 這時你可回答："Yes, I work hard." (是的，我努力工作。) 或 "No, I do not work hard." (不，我不努力工作。) 當然最簡捷的回答是："Yes, I do." 或 "No, I don't."。

(2) 簡單過去式

▶ I worked hard when I was young. (4–153)
(我年輕時很努力工作。)

這表示「年輕時努力工作」。現在或許年老了，不再努力工作，不再打拚了。過去式通常用過去的事情做陪襯，像 (4–153) 句，或用過去的時間來陪襯，例如：

▶ I worked hard ten years ago. (十年前我努力工作。) (4–154)

十年前我努力打拚，現在已不再打拚了。若不用過去的事情或過去的時間做陪襯，只寫簡單的過去式就是：

▶ I worked hard. (4–155)

這句話怎麼翻譯？應譯成「我曾努力工作過。」或「我以前努力工作過。」至於以前什麼時候並不清楚，這只說明曾有過這樣的事實。例如一位年近百歲的老師跟學生說 "I was beautiful." 表示「我以前好漂亮。」但現在已風華不再了。

(3) 簡單未來式

▶ I will work hard in the future. (我將來要努力工作。) (4–156)

「未來」尚未來臨，以後要做什麼事當然要用未來式。一般要用未來的時間做陪襯。例如 I will visit you next year. (我明年將拜訪你。) 或是 I will take a walk in the park tomorrow morning. (明早我將在公園散步。) 若不用未來的時間做陪襯，只單獨用簡單未來式，例如：

▶ I will work hard. (4–157)

這句話可譯為「我將努力工作。」或「我會努力工作的。」例如爸爸對即將上大學的兒子說 "You must work hard in the future!" (你以後必須努力工作！) 兒子回答："Yes, I will." (是，我會的。) 或 "Yes, I will work hard in the future."

以上談的簡單現在式 (simple present tense)、簡單過去式 (simple past tense) 和簡單未來式 (simple future tense) 都極為簡單 (simple)。往下就開始複雜了，但絕不困難，只要有心去做，什麼困難都可克服。有句諺語說得好：

▶ Where there is a will, there is a way. (有志者事竟成。) (4–158)

現在我們探討現在進行式 (present progressive tense)、過去進行式 (past progressive tense) 和未來進行式 (future progressive tense)。

(4) 現在進行式

▶ I am working hard now. (我現在正在努力工作。)　　　(4–159)

老師問學生：Are you working hard? (你在努力工作嗎？)，到目前為止，表示一件事情還在進行中，要用現在進行式。學生可回答："Yes, I am working hard." 或 "Yes, I am."。凡是一件事情到現在仍在做，都可用現在進行式，例如父親問母親他們的兒子在做什麼：

"What is he doing?" (他在做什麼？)

母："He is playing the video game." (他正在玩電動。)

但是談到過去進行式或未來進行式，最好用時間軸 (time axis) 來說明最為簡潔。

(5) 過去進行式

▶ I was working hard when he visited me last night.　　(4–160)

(當他昨夜來拜訪我時，我正在努力工作。)

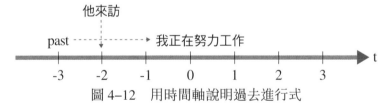

圖 4–12　用時間軸說明過去進行式

圖 4–12 中所示之 –2 點表昨夜他來訪的時間點，這事發生在過去，那時候我正在努力工作，所以過去進行式要有一件過去的事情做陪襯。若沒有過去的事情做陪襯，也要有一個過去的時間做陪襯，例如：

▶ At ten o'clock last night, I was working hard.　　(4–161)

(昨夜十點，我還正在努力工作。)

「當我昨天早晨在公園裡看到他的時候,他正在跟他太太散步。」這句就要用到過去進行式:

> When I met him in the park yesterday morning, he was taking a
> walk with his wife.　　　　　　　　　　　　　　　(4−162)

(6) 未來進行式

> When you come to see me tomorrow morning, I will be working
> hard. (當你明天上午來看我時,我將正在努力工作。)　(4−163)

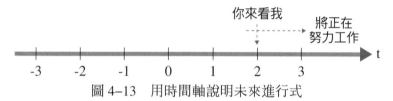

圖 4−13　用時間軸說明未來進行式

圖 4−13 中所示之時間點 2 表示明天上午,在這時間你來看我,那時我將正在努力工作,所以要用未來進行式。因此未來進行式要用一件未來的事情做陪襯。若沒有未來的事情,也必須要有一個未來的時間做陪襯。例如:

> At 10 o'clock tomorrow morning, I will be working hard.
> (明天上午十點,我將正在努力工作。)　　　　　　　(4−164)

　　又例如 A 要在第二天到車站接素不相識的來賓 B,為了易於辨識,A 告訴 B:

> I will be waiting for you at the station tomorrow and I will be
> wearing a white shirt.　　　　　　　　　　　　　(4−165)
> (我明天將在車站等你,並且我會穿著一件白襯衫。)

　　看完未來式,現在我們開始談完成式 (perfect tense)。同樣完成式有三種：現在完成式 (present perfect tense)、過去完成式 (past perfect tense) 和未來完成式 (future perfect tense)。 完成式用來表示一件事已做好，或告一段落，我們也要用時間軸來說明。

(7) 現在完成式

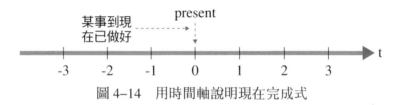

圖 4-14　用時間軸說明現在完成式

到現在 (present) 為止，某件事情已告一段落，我們用現在完成式。若圖 4-14 時間軸上的 0 點表示現在，則在現在之前某件事情已經做好，就要用到現在完成式，例如：

> ▶ I have worked hard for an hour.　　　　　　　　　(4-166)
>
> (我已努力工作一小時。)

表示曾經努力工作一個小時，也許是 10 小時前工作到 9 小時前，共努力工作了一小時；也許是一小時前到講話的那一刻，總共努力工作了一小時。總之，有一小時努力工作的經驗。

　　若是像剛才說的情況，一小時前開始努力工作一直到剛剛說話的時刻正好工作了一個小時，可在上句中補加一個副詞 just 來修飾：

> ▶ I have just worked hard for an hour.　　　　　　　(4-167)
>
> (我正好努力工作了一小時。)

　　「我曾為他工作了五年。」這句話要怎麼寫？可以用現在完成式：

> ▶ I have worked for him for five years.　　　　　　　(4-168)

表示過去 (不管是那一段時間，廿年前到十五年前，或十年前到五年前，……) 曾有為他工作五年的經歷。若說「到現在為止，我已為他工作了五年。」則可寫成：

▶ Up to now, I have worked for him for five years. (4–169)

這句話表示五年前開始為他工作，到說話的時刻為止，已為他工作了五年。所以現在完成式要以現在 (present) 時刻為準向前推，在過去的一段時間做了些什麼事。例如媽媽要正在努力寫功課的兒子早點去休息，兒子說：

▶ "I have slept for eight hours. I don't want to sleep any more."

(4–170)

表示他已睡了八小時，不想再睡了，至於八小時是前十小時到前二小時或前九小時到前一小時，共八個鐘頭，到底是哪一段八小時，並不重要，只是強調已睡了八小時。當然照邏輯推理，不可能是很久之前的八小時。

若是一個人睡了八小時到說話的時刻還在睡，那表示已睡了八小時 (要用完成式) 而且還在睡 (要用進行式)，兩者加在一起，當然要用完成進行式。這種情況曾經說明過，以後還會再說明。

⑻ 過去完成式

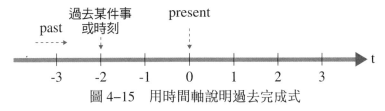

圖 4–15　用時間軸說明過去完成式

我們應用現在完成式的觀念，只要將參考時間移到過去的一件事情或過去的一個時刻就好了。這是一種邏輯推理法，只要會寫現在完成式就一定會用過去完成式。圖 4–15 中左邊的箭頭表示過去的某件事情或過去某個時刻，若另外一件事情發生在這之前就要用過去完成式，再複習一次：「過去的過去要用過去完成式。」從這個規劃來看，英文文法是非常合乎邏輯、合乎科學的，所以學英文要通道理，一理通則百理通，不能只一味強記死背。請看以下的例句：

▶ Before he came here, she had left.　　　　　　　　　　(4–171)

　　(在他來此之前，她已離去。)

He came here. (他來此。) 指過去的事。She left. (她離去。) 發生在他之前，是過去的過去，所以要用過去完成式 "She had left."。

同樣，「在你昨天談論到他之前，我早就認識他了。」這句話裡面哪一句要用過去完成式？當然是「我早就認識他了。」(I had known him.)

▶ Before you talked about him yesterday, I had known him.　(4–172)

I had known him. 是過去完成式。I have known him. 是現在完成式。若 (4–172) 句寫成：

▶ Before you talked about him yesterday, I knew him.　　(4–173)

就凸顯不出事情的先後了。上句的譯文是「在你昨天談論到他之前，我認識他。」這凸顯不出兩件事情的先後關係。在日常生活中，我們常說的一句話：「在……之前，我早就……」句中的「早就……」便是過去完成式。所以英文和中文之間彼此有密切的映射 (mapping) 關係。

請再看另外的例句：「在爸爸回家之前，我早就做完功課了。」

▶ Before Father came home, I had done my homework.　(4–174)

現在我們看三個句子，分別表示三件事情，如圖 4–16 中時間軸上的ⓐ，ⓑ，ⓒ所示。

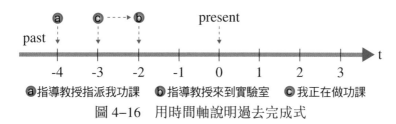

圖 4–16 用時間軸說明過去完成式

ⓐ：My advisor assigned me homework. (我的指導教授指派我功課。)

ⓑ：My advisor came into the laboratory.

(我的指導教授來到實驗室。)

ⓒ：I was doing the homework. (我在做功課。)

將以上三個事情連在一起：

「當我的指導教授走進實驗室時，我正在做他指派給我的功課。」

ⓐ發生在ⓑ和ⓒ之前，過去的過去要用過去完成式：

▶ "When my advisor came into the laboratory, I was doing the homework that he had assigned me."　　　　　　(4–175)

(4–175) 句中有過去進行式和過去完成式，其中的關係代名詞 that 可省略。

(9) 未來完成式

若把參考時刻往時間軸上的未來方向移，就很容易寫出未來完成式。我們仍然用時間軸說明先後關係。現在看圖 4–17 中ⓐ，ⓑ兩件事情：

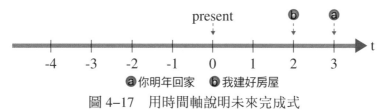

圖 4–17　用時間軸說明未來完成式

ⓐ：你明年回家。(You come home next year.)

ⓑ：我建好房屋。(I build the home.)

很明顯可看出ⓑ是在ⓐ的過去，在未來一件事情或一個時刻的過去就要用未來完成式。通常我們會用介系詞 "by" 來表示「之前」，上面的情境可以寫成：

▶ "By the time you come home next year, I will have built the house." (4–176)

再回頭看圖，若ⓐ代表「明年四月」(April next year)，ⓑ代表「他去美國。」 (He goes to America.)，ⓐ和ⓑ都是未來，但ⓑ是ⓐ的過去，所以要用未來完成式：

▶ He will have come home by April next year. (4–177)

(明年四月前他將已經回家了。)

從三個不同時間的完成式可看出，在現在 (present) 之前 (即現在的過去) 完成的事要用現在完成式；在過去 (past) 一個時刻之前 (即過去的過去) 完成的事要用過去完成式；在未來 (future) 一個時刻之前 (即未來的過去) 完成的事要用未來完成式。弄懂時間先後的關係，寫出三個不同時態的完成式就易如反掌了。

到現在為止，我們已經談過九種時態，若問：

"How many tenses are there in English?" (4-178)

(英文有多少時態？)

答曰："There are twelve tenses in English." (4-179)

(英文有十二種時態。)

剩下的三種時態是現在完成進行式 (present perfect progressive tense)，過去完成進行式 (past perfect progressive tense) 和未來完成進

行式 (future perfect progressive tense)。

⑽ 現在完成進行式

　　我們在⑺現在完成式中提到這裡要談的「現在完成進行式」。顧名思義，某件事情「完成」卻還在「進行」，便是「完成進行」，乍看之下，豈不矛盾。其實，「完成」是指某件事情做了一段時間，「進行」是指還在繼續做。

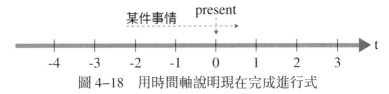

圖 4–18　用時間軸說明現在完成進行式

　　從圖 4–18 中的時間軸可看出，以 0 為參考時刻，某件事情到現在 (present) 為止已做了兩小時，還在繼續進行。這時就要用完成進行式，又因為以「現在」為參考時刻，所以要用現在完成進行式。為了表示該事情做了多久，在句子中要加上時間副詞，請看以下句子如何組合成完成進行式：

I have learned English for two years. (我已學英文兩年了。) (4–180)
(現在完成式)

I am learning English now. (我現在正在學英文。)　　　　　(4–181)
(現在進行式)

我們複習一下：完成式是 → have + 過去分詞

　　　　　　　　　　進行式是 → be + 現在分詞

完成式前面要用 have，進行式後面要接現在分詞 (learning)，所以合在一起是：

▶ I have _____ learning English for two years. (4–182)

上句中的空格要填什麼呢？答案是 be 動詞，而且是過去分詞！所以要填入 been，因此 (4–182) 句可寫成：

▶ I have been learning English for two years. (4–183)

(4–183) 句的中譯是「我學英文已兩年，現在還在學。」中文沒有現在完成進行式，所以要多費筆墨。事實上 (4–183) 句可分成兩句：

I have been learning English for two year.

→ I began to learn English two years ago and I am still learning English now. (4–184)

由上面的法則可寫出很多類似的句子：

▶ He has been living in Tainan for ten years. (4–185)

　　(他住台南已十年了，現在還住在那裡。)

爸爸上午七點出門上班，兒子還在睡，到下午五點下班回來，看到懶兒子還在睡，於是跟媽媽說：「這猴死囝仔，睡了十小時還在睡。」這句就是現在完成進行式：

▶ He has been sleeping for ten hours. (4–186)

　　現在完成式在日常生活中用得很多。例如父母出去應酬，出門前叫孩子寫功課，孩子很聽話，父母一出門就開始寫功課。四小時後，父母回來，孩子還在寫。父母以為孩子才寫不久，於是孩子說：「我做了四小時功課，還在做。」

▶ "I have been doing my homework for four hours." (4–187)

　　(4–187) 句就是完成進行式，而且是現在完成進行式。

那麼過去完成進行式怎麼寫？只要把 (4–187) 句中的 have 改為 had 即可。即：

▶ I had been writing my homework.　　　　　　　　　(4–188)

未來完成進行式又怎麼寫？只要在 (4–187) 句中加 will 即可，即

▶ I will have been writing my homework.　　　　　　(4–189)

⑾ 過去完成進行式

▶ I had been working hard for ten hours when you entered the laboratory last night.　　　　　　　　　　　(4–190)

(昨夜當你進到實驗室時，我早已努力工作了十小時，而且還不停地在工作。)

這是典型的過去完成進行式。

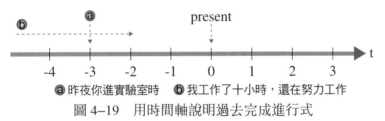

　　ⓐ昨夜你進實驗室時　　ⓑ我工作了十小時，還在努力工作
圖 4–19　用時間軸說明過去完成進行式

我們從圖 4–19 中可看出來，只要將參考時間點向過去方向移，就變成了過去完成進行式。 請參看圖 4–18 中的參考時間點是現在 (present)，所以是現在完成進行式。

一位努力工作的工人，為了趕工，整夜加班，到了凌晨 3 點還在工作。 他之前已經工作了 12 個小時 ，也就是前一天下午 3 點開始工作，到了今天凌晨 3 點還繼續在工作。於是他有以下的談話：

"I started to work at 3 o'clock yesterday afternoon, and since then I had been working for twelve hours."

過去完成進行式在日常生活中很少用到，較常用的是現在完成進行式。同樣接下來要談的未來完成式也比較少用。但為了要將 12 種時

態完整的說明清楚，我們還是耐心的探討未來完成進行式要怎麼寫，怎麼用。

⑿ 未來完成進行式

▶ I will have been working for eight hours at the time you come to visit me this afternoon. (4–191)

(你今天下午來拜訪我時，我將已經工作八小時，還將繼續工作。)

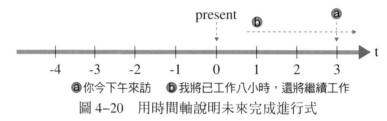

圖 4–20　用時間軸說明未來完成進行式

這是未來完成進行式的例子，它說明在未來的這段時間，我會不停地工作，做到你下午來訪時，我仍然一直在工作。請看下一句未來完成進行式的情境：

▶ He will have been sleeping for two hours when she comes to see him this afternoon. (4–192)

(今天下午當她來看他時，他已睡了兩小時，還會繼續睡。)

到現在為止我們又將十二種時態做了完整的說明，它們是英文的核心架構，我們不可不懂。這十二種時態乍看之下，似乎多而繁複，但仔細分析，不難理解它們只由五種最基本時態推導而來。這五種基本時態就是之前曾談過的凡事以時間而言可分為現在式 (present tense)、過去式 (past tense) 和未來式 (future tense)，以進展的狀態而言可分為進行式 (progressive tense) 和完成式 (perfect tense)。

我們再用「他研讀英文。」(He studies English.) 這句話寫出十二種時態的句子。(省去時間副詞或副詞子句或片語。)

簡單式：

1. He studies English. (simple present tense 簡單現在式)
2. He studied English. (simple past tense 簡單過去式)
3. He will study English. (simple future tense 簡單未來式)

進行式：

4. He is studying English. (present progressive tense 現在進行式)
5. He was studying English. (past progressive tense 過去進行式)
6. He will be studying English. (future progressive tense 未來進行式)

完成式：

7. He has studied English. (present perfect tense 現在完成式)
8. He had studied English. (past perfect tense 過去完成式)
9. He will have studied English. (future perfect tense 未來完成式)

完成進行式：

10. He has been studying English.

    (present perfect progressive tense 現在完成進行式)

11. He had been studying English.

    (past perfect progressive tense 過去完成進行式)

12. He will have been studying English.

    (future perfect progressive tense 未來完成進行式)

　　當然可將以上 12 種時態製成一個表格，甚至像之前我們用簡單的數學式把這 12 種時態用 12 項表示出來，不過這些都只是為了說明方便而做的不同說明方式，切莫死背！必須用邏輯推理的方法來記住這 12 種時態。

時態	past	present	future
simple	simple past tense	simple present tense	simple future tense
progressive	past progressive tense	present progressive tense	future progressive tense
perfect	past perfect tense	present perfect tense	future perfect tense
perfect progressive	past perfect progressive tense	present perfect progressive tense	future perfect progressive tense

英文「12 種時態」表格

　　現在我們再用一段師生的對話來說明不同的時態：

Teacher: Do you do your homework every day?

Student: Yes, I do. (或 Yes, I do my homework every day.)

　　　　(表達習慣動作，用現在式。)

Teacher: When did you do your homework yesterday?

Student: I did my homework yesterday afternoon.

　　　　(表達過去的動作用過去式。)

Teacher: Will you do your homework tomorrow?

Student: Yes, I will. (或 Yes, I will do my homework tomorrow.)

　　　　(表達未來的動作用未來式。)

Teacher: Have you done your homework today?

Student: Yes, I have. (或 Yes, I have done my homework today.")

　　　　(做完一件事，用完成式。)

Teacher: Before you went home yesterday, had you done your homework?

Student: Yes, I had. (或 Yes, I had done my homework before I went home yesterday.) (過去的過去，用過去完成式。)

Teacher: Where did you do your homework yesterday?

Student: I did my homework in my father's office.

> (昨天做功課，用過去式。)
>
> 原來這學生每天放學後先去他爸爸的辦公室，在那裡把功課做完才回家，
>
> 所以他告訴老師在回家之前，就把功課做完了。

Teacher: What is your father?

> (你父親是做什麼的？或你父親做什麼工作？)

Student: My father teaches in a University. (我父親在大學教書。)

> (在什麼地方工作，表示職業，用現在式。若是從前做過什麼工作，現在
>
> 不再做該工作，利用過去式，例如：He taught in a university. (他從前在
>
> 大學任教。))

Teacher: Is he a professor? (他是教授嗎？)

Student: Yes, he is. (或 Yes, he is a professor.)

Teacher: What does he teach?

Student: He teaches electrical engineering. (他教電機工程。)

4–14 時態總整理

我們將 4–13 所說明的十二種時態例句總整理如下：

簡單現在式：

▶ I work hard every day.

簡單過去式：

▶ I worked hard when I was young.

▶ I worked hard ten years ago.

簡單未來式：

▶ I will work hard in the future.

▶ I will visit you next year.

▶ I will take a walk in the park tomorrow morning.

現在進行式：

▶ I am working hard now.

過去進行式：

▶ I was working hard when he visited me last night.

▶ I was working hard at 10 o'clock last night.

▶ When I met him in the park yesterday morning, he was taking a walk with his wife.

未來進行式：

▶ When you come to see me tomorrow morning, I will be working hard.

▶ At 10 o'clock tomorrow morning, I will be working hard.

▶ I will be waiting for you at the station tomorrow and I will be wearing a white shirt.

現在完成式：

▶ I have worked hard for an hour.

▶ I have worked for him for five years.

▶ I have slept for 8 hours. I don't want to sleep any more.

過去完成式：

▶ Before he came here, she had left.

▶ Before you met him, I had known him.

▶ Before he came home, I had done it.

▶ When my teacher came into the classroom, I was doing the homework he had assigned me.

未來完成式：

▶ By the time you come home next year, I will have built the house.

▶ He will have come home by April next year.

現在完成進行式：

▶ I have been learning English for three years.

▶ I have been living in Tainan for ten years.

▶ He has been sleeping for ten hours.

▶ I have been doing my homework for four hours.

過去完成進行式：

▶ I had been working hard for ten hours when you entered the laboratory last night.

▶ I started to work at three o'clock yesterday afternoon, and since then I had been working for twelve hours.

未來完成進行式：

▶ I will have been working for eight hours at the time you come to visit me this afternoon.

▶ He will have been sleeping for two hours when she comes to see him this afternoon.

第 5 訣　6W1H

　　天地間無論是自然界或人世間的一切都無外乎「人、時、地、物、事、為何和如何」七項，說清楚一點，就是「何人、何時、何地、何物、哪一事、為什麼和怎麼」。再說得白話一點，就是「什麼人 (誰)、什麼時候、什麼地方、什麼東西、哪一個、為什麼和怎麼」，英文正是 who、when、where、what、which、why、how。取其前面一個字母正好是 6 個 W 和 1 個 H，一般稱為 6W1H。

　　這 6W1H 除了當疑問詞之外，還有其它的用法，例如可做「關係代名詞」。(請參看 5–8 及 5–9 兩節。)

5–1 who (何人)

　　我們先看第一個字 "who"(何人、什麼人、誰) 做疑問詞用。例：

▶ Who are you? (你是誰？)　　　　　　　　　　　　　　　　(5–1)

不能說：You are who. (×)　　　　　　　　　　　　　　　　(5–2)

▶ Who is your English teacher? (誰是你的英文老師？)　　　(5–3)

▶ Who can speak English? (誰會說英語？)　　　　　　　　　(5–4)

▶ Who will go to Taipei tomorrow? (誰明天要去台北？)　　(5–5)

▶ Who wants to take a walk with me? (誰要跟我散步？)　　(5–6)

▶ Who was here last night? (誰昨夜在這裡？)　　　　　　　(5–7)

▶ Who went there yesterday? (誰昨天去那裡？)　　　　　　(5–8)

▶ Who is singing in the living room? (誰在客廳唱歌？)　　(5–9)

▶ Who has seen the wind? (誰見過風？)　　　　　　　　　　(5–10)

這些例句是寫不完的。我們可以看得很清楚，用 who 做疑問詞的句子是很容易理解的，只要將平述句的主詞改為 who 就成了疑問句，例如：

▶ He drove my car yesterday. (他昨天開我的車。)　　　　(5–11)

將 He 改為 "Who" 就成了問句：

▶ Who drove my car yesterday? (誰昨天開我的車？)　　　(5–12)

5–2 when (何時)

現在看 "when" 當疑問詞用怎麼寫，我們從最簡單的 "You go" 開始。

▶ You go. (你去。)　　　　　　　　　　　　　　　　(5–13)

▶ Do you go? (你去嗎？)　　　　　　　　　　　　　(5–14)

▶ When do you go? (你何時去？)　　　　　　　　　　5–15)

▶ When did you go there? (你過去何時去那裡？)　　　　(5–16)

▶ When will you come here? (你何時會來這裡？)　　　(5–17)

▶ When is he angry? (他什麼時候生氣？)　　　　　　(5–18)

關於 (5–18) 句可以這樣回答：

▶ When he is hungry, he is angry.　　　　　　　　　(5–19)

(當他餓的時候，他生氣。) (注意 (5–19) 句中的逗點不可少)

▶ He is angry when he is hungry. (他生氣當他餓時。)　(5–20)

(注意 (5–20) 句中不必放逗點)

{ When is the wind passing through? (什麼時候風從中吹過？) (5–21)

{ When is the wind passing by? (什麼時候風從旁吹過？)　　(5–22)

回答 (5–21) 和 (5–22) 兩句問話正好是一首詩的內容：

When the leaves hang trembling, the wind is passing through.

(當葉子從樹上落下時，風正從中吹過。)　　　　　　　　　(5–23)

When the trees bow down their heads, the wind is passing by. (5–24)

(當樹低下他們的頭時，風正從旁吹過。)

When will the mice play? (老鼠什麼時候將會玩起來？)　　　(5–25)

回答 (5–25) 句可用一句諺語：

When the cat's away, the mice will play.　　　　　　　　(5–26)

(當貓不在時，老鼠就鬧翻天。) (涵義是「閻王不在，小鬼做怪。」)

When does it get warm? (什麼時候天氣變暖和？)　　　　(5–27)

When spring comes, it gets warm.　　　　　　　　　　(5–28)

(當春天來時，天氣變暖和。)

5–3 where (何地)

　　"where" 為首的疑問句也很多，將 (5–15) 句中的 when 改為 where 即成。

▶ Where do you go? (你去哪裡？)　　　　　　　　　　(5–29)

▶ Where did you go last night? (你昨夜去了哪裡？)　　　(5–30)

▶ Where can we see the sunrise? (我們何處能看到日出？) (5–31)

▶ Where can you see the sunset? (你們何處能看到日落？) (5–32)

▶ Where can I buy a bike? (我在哪裡可買到腳踏車？)　　(5–33)

▶ Where are you going? (你正要去哪裡？)　　　　　　　(5–34)

▶ Where are the sea shells? (海貝殼在哪裡？)　　　　　(5–35)

▶ Where is the fish? (魚在哪裡？)　　　　　　　　　　(5–36)

▶ Where is the fish she just bought?　　　　　　　　　(5–37)

(她剛剛買的魚在哪裡？)

▶ Where will you go? (你將要去哪裡？) (5–38)

▶ Where have you been? (你曾到過哪裡？) (5–39)

▶ Where can you find a hive? (你在哪裡能找到蜂窩？) (5–40)

▶ Where did you find the hive? (5–41)
　(你是在何處找到這蜂窩的？)

▶ Where does your mother cook dinner? (5–42)
　(你媽媽在哪裡做晚餐？)

▶ Where does your father plant the flowers? (5–43)
　(你爸爸在哪裡種花？)

▶ Where does your sister play the piano? (5–44)
　(你妹妹在哪裡彈鋼琴？)

▶ Where does your brother paint the picture? (5–45)
　(你弟弟在哪裡畫圖？)

▶ Where are you? (你在哪裡？) (5–46)

▶ Where is he? (他在哪裡？) (5–47)

▶ Where am I? (這是什麼地方？) (不可翻成「我在哪裡？」) (5–48)

▶ Where did he hide the money? (他把錢藏在哪裡？) (5–49)

▶ Where do we play hide-and-seek? (5–50)
　(我們在哪裡玩捉迷藏？)

5–4 what (何物)

"what" 做疑問詞的句子也是寫不完的，例：

▶ What can I do for you? (我能為你做什麼？) (5–51)

▶ What will you do? (你將要做什麼？)　　　　　　　　　　(5–52)

▶ What is in your bag? (你袋子裡是什麼？)　　　　　　　　(5–53)

▶ What is worse than finding a worm in an apple?　　　　(5–54)

　(什麼比在蘋果裡發現一條蟲更糟？)

▶ What have you done? (你已經做了什麼？)　　　　　　　　(5–55)

▶ What are you? (你從事什麼工作？或你是做什麼的？)　　(5–56)

▶ What do you want? (你想要什麼？)　　　　　　　　　　　(5–57)

▶ What has he done? (他已經做了什麼？)　　　　　　　　　(5–58)

▶ What does he want? (他想要什麼？)　　　　　　　　　　　(5–59)

▶ What is your father? (你的父親從事什麼工作？)　　　　　(5–60)

　(不可翻成「你爸爸是什麼東西？」)

▶ What is this? (這是什麼？)　　　　　　　　　　　　　　　(5–61)

▶ What shall I do? (我該做什麼？)　　　　　　　　　　　　(5–62)

▶ What may I do? (我可以做什麼？)　　　　　　　　　　　　(5–63)

▶ What must I do? (我必須做什麼？)　　　　　　　　　　　(5–64)

▶ What do I have to do? (我得做什麼？)　　　　　　　　　　(5–65)

▶ What might happen? (可能會發生什麼事？)　　　　　　　(5–66)

　　寫到這裡，你可以看出疑問句的寫法，要先把疑問詞 (6W1H) 放在句首，然後緊接 be 動詞 (am, is, are, was, were) 或 do(does, did) 或助動詞 (can, will, shall, may, must 等)，視句子的內容而定，可用邏輯推理判斷，不須強記死背，只要將一些基本的原則記牢，就能變化萬千了。例如：

　　「你寫什麼？」不可能是 "You write what?" (×)　　　　(5–67)

必定先把疑問詞 "what" 放在句首，然後是「你寫」(you write)，但現在是疑問句，所以是「你寫嗎？」(do you write?) 整句就是：

▶ What do you write? (你寫什麼？)　　　　　　　　　　(5-68)

再看一句，「你正在寫什麼？」同樣先把 "what" 放句首，然後將「你正在寫」(you are writing) 變為疑問句 "are you writing" 合在一起，就成了：

▶ What are you writing? (你正在寫什麼？)　　　　　　　(5-69)

再舉一個例子：

「你將要寫什麼？」，先把 "what" 放句首，接著是「你將要寫」(you will write)，現在改成疑問句當然是 "will you write" 所以將兩組字合在一起就成了：

▶ What will you write? (你將要寫什麼？)　　　　　　　(5-70)

學會了這些基本的方法之後，回頭再看以前的疑問句或 (5-51)～(5-66) 用 "what" 開頭的疑問句，就簡單易懂了。

5-5 which (何者)

當我們說「哪一個」時，要用 "which" 這個字來表達。例如：

▶ Which is longer, the stick or the pencil?　　　　　　(5-71)
　 (棍子或鉛筆，哪個較長？)

▶ Which is cheaper, the car or the bike?　　　　　　　(5-72)
　 (車子或單車，哪個較便宜？)

▶ Which runs faster, the train or the bus?　　　　　　(5-73)
　 (火車或公車，哪個行駛得較快？)

▶ Which do you prefer, tea or coffee?　　　　　　　　(5-74)
　 (茶或咖啡，你較喜歡哪一種？)

回答 (5–74) 的問句可為：

> ⎰ I prefer tea.(我較喜歡茶。)　　　　　　　　　　　(5–75)
>
> ⎱ I prefer tea to coffee. (我喜歡茶更勝於咖啡。)　　(5–76)

> ▶ Which has four legs, a chicken or a rabbit?　　　　(5–77)
>
> (哪一種有四隻腿，雞或兔？)

> ▶ Which do you want, money or life?　　　　　　　　(5–78)
>
> (錢或命，你想要哪一樣？)

(5–78) 句大概是強盜搶劫時講的話。我們也可以說：

> ▶ Which do you want, wealth or health?　　　　　　(5–79)
>
> (財富或健康，你想要哪一樣？)

從上面的句子結構可看出只要徹底了解 "be" (am, is, are, was, were)、
"have" (have, has, had) 和 "do" (does, did) 這些字以及若干助動詞，就
能夠運用自如了。

5–6 why (為何)

　　「為什麼」或「為何」的英文是 "why"，發音是 [hwaɪ] 或可簡單
發成 [waɪ]。"why" 這個字會牽涉到人、事、物等等，所以必須配合
「是」、「有」、「做」，即 "be, have, do" 等字，例如：

> ▶ Why do you come here? (你為何來這裡？)　　　　(5–80)
>
> ▶ Why is he angry? (他為什麼生氣？)　　　　　　　(5–81)
>
> ▶ Why hasn't he come yet? (為什麼他還沒來？)　　(5–82)

在英文老歌 "The End of The World" 裡有很多以 "why" 開頭的句子：

> ▶ Why does the sun go on shining?　　　　　　　　(5–83)
>
> (太陽為何依然照耀？)

▶ Why does the sea rush to shore? (5–84)

(海浪為何拍打海岸？)

▶ Why do the birds go on singing? (5–85)

(鳥兒為何依然歌唱？)

▶ Why do the stars glow above? (5–86)

(星星為何在天上閃耀？)

▶ Why does my heart go on beating? (5–87)

(我的心為何仍在跳動？)

▶ Why do these eyes of mine cry? (5–88)

(我的雙眼為何在流淚？)

當然 "why" 後面還可接助動詞，例如：

▶ Why should I go? (為什麼我該去？) (5–89)

▶ Why could you do that? (你為什麼會那樣做呢？) (5–90)

▶ Why is it so hot today? (今天為什麼這麼熱呢？) (5–91)

"why" 的句子永遠寫不完，只要把握文法的邏輯規則，就可以千變萬化了。

5–7 how (如何)

「如何」或「怎麼樣」就是 "how"，最簡單的句子當然是：

▶ How are you? (你好嗎？) (5–92)

▶ How is the weather? (天氣如何？) (5–93)

▶ How can I help you? (我該怎樣幫助你？) (5–94)

▶ How do you learn English? (你怎麼學英文？) (5–95)

▶ How did you come here? (你是怎麼來這裡的？) (5–96)

這句話中用 "did"，表示過去式，意思是你是搭乘什麼交通工具來的
(汽車或火車) 或許是走來的，或跑來的也說不定。表示你已經來了，
我們問你是怎麼來的。但下面句子用現在式，意思就不一樣了：

▶ How do you go there? (你怎麼去那裡？)　　　　　　　(5–97)

這句話用 "do"，表示現在式，你人還沒去那裡，人家問你要怎麼去。
是要坐火車、搭飛機或者騎車去。這句話若是用過去式問，意思又不
一樣了：

▶ How did you go there? (你是怎麼去到那裡的？)　　　　(5–98)

這句用 "did"，表示過去式。表示你已經去過那裡了，而現在有人問你
過去是怎麼去到那裡的。從這些句子中，我們可以看出英文用過去式
和現在式不但有時態上的差異，而且還會有語意的不同。請再看以下
的例子：

▶ How do you do it? (你怎麼做這件事？)　　　　　　　(5–99)

表示這件事你還未開始做，我們想要知道你要怎麼去做，所以用簡單
的現在式就可以。但是若用過去式：

▶ How did you do it? (你是怎麼做這件事的？)　　　　　(5–100)

用了 "did"，當然是過去式。表示你已經做了這件事，我們現在想知道
你過去是怎麼做的，所以就要用過去式。

　　"How" 起頭的疑問句也多得不勝枚舉，例如：

▶ How big is the universe? (宇宙多大？)　　　　　　　(5–101)

▶ How small is the atom? (原子多小？)　　　　　　　(5–102)

▶ How long is the river? (這條河多長？)　　　　　　　(5–103)

▶ How high is the mountain? (這座山多高？)　　　　　(5–104)

▶ How deep is the ocean? (海洋多深？)　　　　　　　(5–105)

▶ How far is it from Tainan to Taipei?　　　　　　　　(5–106)

（從台南到台北多遠？）

你是否有注意到 "how" 後面接的不只是 "be, do, have" 或助動詞，例如：

▶ How was your day? (你今天過得如何？)　　　　　　(5–107)

▶ How do you do? (你好嗎？) (初次見面用語)　　　　　(5–108)

▶ How have you been? (最近好嗎？)　　　　　　　　(5–109)

▶ How can I find it? (我怎麼才能找到它？)　　　　　(5–110)

後面還可接形容詞，如 (5–101)～(5–106)How 後面的 big, small, long, high, deep, far 都是形容詞。請再看：

▶ How old is he? (他年紀多大？)　　　　　　　　　(5–111)

▶ How tall is he? (他多高？)　　　　　　　　　　　(5–112)

▶ How important is he? (他有多重要？)　　　　　　(5–113)

▶ How heavy is the stone? (這顆石頭多重？)　　　　(5–114)

請注意 (5–111)～(5–114) 中 How 後面接的 old、tall、important 和 heavy，都是形容詞。

有趣的是，若把 (5–101)～(5–114) 這些句子中的 be 動詞擺到最後，原來的疑問句就成了感歎句了！例如：

(5–103) → How long the river is! (這條河好長啊！)　　(5–115)

(5–104) → How high the mountain is! (這座山好高啊！) (5–116)

(5–111) → How old he is! (他年紀好大啊！)　　　　　(5–117)

(5–112) → How tall he is! (他好高啊！)　　　　　　　(5–118)

(5–113) → How important he is! (他多麼重要啊！)　　(5–119)

　　　　　　How happy I am! (我是多麼快樂啊！)　　(5–120)

　　所以英文的文法是相通的，先把若干基本的文法概念學好，打好基礎，以後就會像樹苗的成長一樣，先長出根芽，而後再長嫩枝綠葉，最後會蔚為一棵大樹。　現在我們把 6W1H (who, when, where, what, which, why, how) 當做疑問詞使用的句子再寫一次，以加強印象：

- ▶ Who is your English teacher? (誰是你的英文老師？)　(5−121)
- ▶ Mr. Mao is my English teacher?　(5−122)
  (毛先生是我的英文老師。)
- ▶ When does he teach English? (他什麼時候教英文？)　(5−123)
- ▶ He teaches English in the evening. (他在晚上教英文。) (5−124)
- ▶ Where did he study in America? (他在美國哪裡念書？) (5−125)
- ▶ He studied in Purdue University in America.　(5−126)
  (他在美國普渡大學念書。)
- ▶ What did he study there? (他在那裡唸什麼？)　(5−127)
- ▶ He studied Electrical Engineering. (他念電機工程。)　(5−128)
- ▶ Which does he prefer, English or Electrical Engineering?
  (英文或電機工程，他較喜歡哪一科？)　(5−129)
- ▶ He prefers English to Electrical Engineering.　(5−130)
  (他喜歡英文更勝於電機工程。)
- ▶ Why is he so interested in teaching English?　(5−131)
  (他為什麼對英文教學這麼有興趣？)
- ▶ Because he loves English very much.　(5−132)
  (因為他非常熱愛英文。)
- ▶ How does he teach English? (他如何教英文？)　(5−133)
- ▶ He teaches English by writing it with a brush pen.　(5−134)
  (他用毛筆寫英文來教英文。)

5-8 人的關係代名詞：who (或 that)

現在我們探討 6W1H 的「關係代名詞」用法。

一間公司為了推展業務，需要有一位能擔任公司與顧客之間橋樑工作的負責人，這人就是公共關係主任，他 (或她) 將公司與顧客的關係緊緊連繫在一起，成為相互依存的共同體。同樣的道理，一個英文句子中若包含兩個句子 (句中句叫做子句 (clause))，也需要用一個關係代名詞將他們連接在一起。這個關係代名詞就是接下來要為各位介紹的主要內容。

先用簡單的例句說明什麼是關係代名詞：

$\left\{\begin{array}{l}\text{He is the man. (他就是這個人。)} \end{array}\right.$ (5-135)

$\qquad$ The man runs very fast. (這個人跑得很快。) (5-136)

這兩句話彼此相互關聯，我們可以合而為一，變成一句話。

「他是一個跑得很快的人。」

He $\left[\begin{array}{l}\text{is the man.} \\ \text{The man} \end{array}\right.$ runs very fast. (5-137)

(5-138)

我們從 (5-138) 句的結構，可以很清楚的理出一個方法，就是把第二句的 "The man" 用一個字取代，這個字在英文文法中叫做關係代名詞 who。我們可將 (5-137～138) 兩句合成一句，以 who 這個字做為橋樑，將前後兩句的關係拉在一起：

▶ He is the man who runs very fast. (5-139)

同樣的，我們可以舉一反三，一通則百通。

She is the girl. (她是這位女孩。) (5–140)

The girl speaks English very well. (5–141)

(這女孩英文說得很好。)

She is the girl who speaks English very well. (5–142)

(她是一位英文說得很好的女孩。)

There is a boy. (有一個男孩。) (5–143)

The boy is a genius. (這男孩是天才。)

There is a boy who is a genius. (5–144)

(有一位是天才的男孩。)

There was a man. (從前有一個人。) (5–145)

The man had twelve fingers. (這人有十二隻手指頭。)

There was a man who had twelve fingers. (5–146)

(從前有一個長了十二隻手指的人。)

I met a man. (我之前遇到一個人。) (5–147)

The man was a giant. (這人是巨人。)

I met a man who was a giant. (5–148)

(我之前遇到一個是巨人的人。)

現在請看一段很有名的佳句，請仔細觀察如何合成一句：

Anyone hears my teachings. (任何聽我的教誨的人。) (5–149)

He obeys my teachings. (他遵從我的教誨。)

He is like a wise man. (他像一個聰明的人。)

The wise man builds his house on solid rock.

(這聰明的人建其屋於堅固的岩石上。)

Anyone who hears my teachings and obeys them is like a wise

man who builds his house on solid rock. (5–150)

(任何一個聽我的教誨並遵照著做的人，就像是一個建其屋於堅固岩石上的聰明人。)

於 (5–150) 句引申下去，可得到另一句相對的名言：

▶ Anyone who hears my teachings but does not obey them is like a foolish man who builds his house on loose sand. (5–151)

(任何一個聽我的教誨但不遵照著做的人，就像是一個建其屋於鬆軟沙子上的愚人。)

於 (5–150)，(5–151) 句中有兩個 who。

用 who 作為關係代名詞的句子很多，永遠舉不完。我們希望讀者能多記一些經典之作，自然就會運用自如了。

> He who humbles himself will be made great. (5–152)
> (其人自謙者人必尊之。)
> He who makes himself great will be humbled. (5–153)
> (其人自大者人必貶之。)

請順道看 (5–153) 句中的動詞 make 後面受詞 himself 後的補語 great 是形容詞。現在請看以下四句：

> He who knows not and knows not he knows not, is dangerous, shun him. (5–154)
> He who knows not and knows he knows not, is simple, teach him. (5–155)
> He who knows and knows not he knows, is sleeping, wake him. (5–156)
> He who knows and knows he knows, is wise, follow him. (5–157)

(5–154)～(5–157) 四句可詮釋如下：

> 「其人不知而不知其不知，是危險的，閃避他。　　　　(5–158)
> 其人不知而知其不知，是純樸的，教導他。
> 其人知而不知其知，是在睡覺，喚醒他。
> 其人知而知其知，是聰明的，追隨他。」

筆者的好友孫育義教授更精簡詮釋如下：

> 「其人不知而不知其不知，危矣，避之。　　　　　　　(5–159)
> 其人不知而知其不知，憨矣，教之。
> 其人知而不知其知，昏矣，喚之。
> 其人知而知其知，智矣，法之。」

這些是有趣的名句，最好能熟記背誦。

現在我們用關係代名詞 who 寫一個句子，並且看這個句子是怎麼合併起來的：

▶ I can do it. (我能做這事。)

▶ I can do what you can do. (我能做你所能做之事。)

▶ I can do for one dollar what you can do for two dollars.
(我能用一塊錢做你須用兩塊錢所能做的事。)

▶ An unordinary person can do for one dollar what an ordinary person can do for two dollars.
(一個非常人能用一塊錢做常人須用兩塊錢所能做的事。)

▶ An engineer is an unordinary person who can do for one dollar what an ordinary person can do for two dollars. (工程師是一位非常人，他能用一塊錢做常人須用兩塊錢所能做的事。)

再看美國總統甘迺迪的就職演說中的一句名言：

▶ Those who foolishly sought power by riding the back of the tiger ended up inside. (5–160)

(那些傻傻地騎在虎背上尋求權力的人最後都進了虎肚。)

(5–160) 句中的主詞是 Those，而其動詞為 ended，who 是關係代名詞，後面接的 foolishly sought power...the tiger 是形容詞子句，是用來形容 who 前面 Those (那些人)。原來這句名言的典故是：

▶ There was a young lady of Riga. (5–161)

Who went for ride on a tiger. (5–162)

They returned from the ride. (5–163)

With the lady inside. (5–164)

And a smile on the face of the tiger. (5–165)

(從前里加有一位少婦，她騎在虎背上出遊。他們回來時，婦人在裡面〈指老虎肚子裡。〉而老虎臉上帶著微笑。)

另一句名言也是美國總統甘迺迪的就職演說中的話：

▶ If a free society cannot help the many who are poor, it cannot save the few who are rich. (如果一個自由的社會不能幫助多數的貧窮人，它就無法拯救少數的富有人。) (5–166)

5–9 東西或動物的關係代名詞：which (或 that)

人的關係代名詞用 who，東西或動物的關係代名詞都要用 which。舉例說明：

{ It is an animal. (那是一種動物。)

The animal has a big mouth. (這動物有張大嘴。)

It is an animal which has a big mouth. (5–167)

(那是一隻有張大嘴的動物。)

{ I see a bird. (我看到一隻鳥。)
The bird has fine feathers. (這隻鳥有美麗的羽毛。)

I see a bird which has fine feathers. (5–168)

(我看見一隻有美麗羽毛的鳥。)

{ There is a dog. (有一隻狗。)
The dog has a very long tail. (這條狗有很長的尾巴。)

There is a dog which has a very long tail. (5–169)

(有一隻有很長尾巴的狗。)

{ I have a villa. (我有一棟別墅。)
The villa was built ten years ago. (這棟別墅建於十年前。)

I have a villa which was built ten years ago. (5–170)

(我有一棟建於十年前的別墅。)

{ I have a new car. (我有一輛新車。)
The new car was bought yesterday. (這輛新車是昨天買的。)

I have a new car which was bought yesterday. (5–171)

(我有一輛昨天才買的新車。)

{ There is a castle. (有一座城堡。)
The castle was built on the mountain. (這座城堡建在山上。)

There is a castle which was built on the mountain. (5–172)

(有一座建在山上的城堡。)

有一首詩 Leap Year (閏年)，其中有 which 這個字。

Leap Year (閏年)

Thirty days have September, April, June and November. (5–173)

(卅天的有九月、四月、六月和十一月。)

All the rest have thirty-one except February alone.　　　(5–174)

(所有其餘的都有卅一日，只有二月除外。)

Which has eight days and a score. Till leap year give it one day more.　　　(5–175)

(它〈指二月〉有八天加上廿，直到閏年再多給它一天。)

請留意這首詩中有 which 一字，它就是關係代名詞。順道也請細看上面的詩中，兩兩押韻：September 和 November；one 和 alone；score 和 more。Score 本是「得分」的意思，此處是「廿」之意。(5–175) 句不用 "which has twenty-eight days"，主要是為了押韻。Score 和 more 押韻。

5–10 關係代名詞的主格、受格和所有格

既然是代名詞，所以有主格、受格和所有格。正如 I 是主格，受格是 me，所有格是 my；you 是主格，受格 you，所有格是 your；he 是主格，受格是 him，所有格是 his。

who 是主格，受格是 whom，所有格是 whose。先從所有格 whose 說起，舉例說明：

> There is a girl. (有一個女孩。)
> The girl's name is Mary. (這女孩的名字是瑪麗。)

There is a girl whose name is Mary.　　　(5–176)

(有一個名叫瑪麗的女孩。)

> There was a man. (從前有一個人。)
> The man's son was a doctor. (這人的兒子是醫生。)

There was a man whose son was a doctor.　　　(5–177)

(從前有一個兒子是醫生的人。)

> I know a student. (我認識一個學生。)
>
> The student's parents died ten years ago.
>
> (這學生的父母在十年前過世了。)

I know a student whose parents died ten years ago.　　　(5–178)

(我認識一個父母在十年前過世了的學生。)

根據多年教學經驗，我們發現一般初學者最常犯的錯誤是把 (5–176)、

(5–177) 及 (5–178) 句中的 whose 寫成了 her 或 his，而寫出了錯誤的

句子：

> There is a girl her name is Mary. (×)　　　　　　　(5–179)
>
> There was a man his son was a doctor. (×)　　　　　(5–180)
>
> I know a student his parents died ten years ago. (×)　　(5–181)

(5–179)～(5–181) 是錯的句子，其原因是關係代名詞用錯了。國人為

何常在關係代名詞上出錯？可能是因為中文裡並沒有關係代名詞的緣

故吧！

5–11 由 6W1H 帶動的子句

6W1H 除了可做疑問詞外，還可搖身一變，改換角色，可帶動子

句。請看以下說明。先以 who 為例，當疑問詞用時，who 放在句首，

然後由句型決定到底用 be、have、do 或助動詞，例如：

▶ Who is he? (他是誰？)　　　　　　　　　　　　　　(5–182)

▶ Who are you? (你是誰？)　　　　　　　　　　　　　(5–183)

▶ Who has seen the wind? (誰曾見過風？)　　　　　　　(5–184)

▶ Who did it? (誰做了這事？)　　　　　　　　　　　　(5–185)

▶ Who will come? (誰將會來？)　　　　　　　　　　　(5–186)

但若將這些句子放在句子中做子句時，就要注意 be 動詞的位置了，例如：

▶ I know who he is. (我知道他是誰。)　　　　　　　(5–187)

▶ I know who you are. (我知道你是誰。)　　　　　　(5–188)

▶ He knows who has seen the wind. (他知道誰見過風。)　(5–189)

▶ She knows who did it. (她知道誰曾做這件事。)　　　(5–190)

▶ I know who will come. (我知道誰將會來。)　　　　(5–191)

我們不能將 (5–187)、(5–188) 寫成：

▶ I know who is he. (×)　　　　　　　　　　　　　(5–192)

▶ I know who are you. (×)　　　　　　　　　　　　(5–193)

請再看下列句子：

▶ Nobody knows who can speak English.　　　　　　(5–194)

(沒人知道誰會說英文。)

▶ Everybody knows who I am. (每個人都知道我是誰。)　(5–195)

▶ All know who was here yesterday.　　　　　　　　(5–196)

(大家都知道昨天誰在這裡。)

5–12 when 帶動的子句

when 當疑問詞用時，後面要接 be、have、do 或助動詞，需視句型而定，例如：

▶ Q: When is a door not a door? (門什麼時候不是門？)　(5–197)

　A: When it is ajar (a jar). (當它是半開／罐的時候。)　(5–198)

▶ When had he left? (他是在什麼時候已經離開的？)　(5–199)

▶ When did he come here? (他是什麼時候來的？) (5−200)

▶ When will he be back? (他什麼時候會回來？) (5−201)

當 when 後面接子句時，這個子句就是一個完整的句子，舉例說明：

▶ I don't understand why when I needed you most you would leave me. (5−202)

(我不能了解為什麼當我最需要你的時候你竟然離我而去。)

▶ I remember when he came here. (5−203)

(我記得他何時來這裡。)

▶ I forget when she went there. (我忘了她何時去那裡。) (5−204)

▶ It is important to know when he got sick. (5−205)

(知道他何時生病是很重要的。)

▶ It is not so important to know when he began to learn English.

(知道他何時開始學英文並不重要。) (5−206)

上面 when 帶動的子句，可歸為名詞子句，因為它們分別是動詞 remember、forget、know 後面的受詞，而句中的受詞是子句，所以稱為名詞子句。但有時 when 帶動的子句是屬於副詞子句。例如：

▶ When he comes here, I go there. (5−208)

(當他來這裡時，我去那裡。)

我去那裡是當他來這裡時，所以 when he comes here 是副詞子句，而且是時間副詞子句。

▶ The flowers bloom when spring comes. (5−209)

(當春天來臨時，花兒綻放。)

花兒綻放在春天來臨時，所以 when spring comes 是副詞子句。

▶ When the cat is away, the mice will play.

(貓不在時，老鼠就鬧翻天。)　　　　　　　　　　　(5–210)

When the cat is away 也是副詞子句，上句話的涵義是「閻王不在，小鬼做怪。」以下還有若干句子，留到下節再講。

5–13 Where 帶動的子句

where 當疑問詞用的時候，後面可接 be、have、do 或助動詞。請看下列例句：

▶ Where are you? (你在哪裡？)　　　　　　　　　　(5–211)

▶ Where have you been? (你曾經到哪裡？)　　　　　(5–212)

▶ Where do you go? (你去哪裡？)　　　　　　　　　(5–213)

▶ Where will you meet her? (你將在哪裡會見她？)　(5–214)

當 where 後面跟子句時，我們要把它放到及物動詞的後面，這時我們稱這個子句為名詞子句。

▶ I know where he goes. (我知道他去哪裡。)　　　(5–215)

請比較 Where does he go? (他去哪裡？)　　　　　　(5–216)

有一簡單的對話，小孩躲起來，媽媽找不到，媽媽問：

▶ "Where are you?"　　　　　　　　　　　　　　　(5–217)

小孩不答，後來媽媽知道小孩躲在何處，於是說：

▶ "Don't hide anymore. I know where you are!"　　(5–218)

　　(別再躲了。我知道你在哪裡！)

"Where are you?" 是疑問句，be 動詞要放在 you 的前面，但放在句中做子句時，要說 "I know where you are." 而不可說 "I know where are you."(×) (5–218) 中 "where you are" 是指你的所在之處。

Don't hide anymore.
I know where you are!

再舉一例：「我在台南出生。我知道我熟悉的地方。」

I was born in Tainan. (5–219)

I know where I was born. (5–220)

同樣，「他生於 1990 年。我知道他何時出生。」

He was born in 1990. (5–221)

I know when he was born. (5–222)

請比較以下兩組的句子中 be 動詞的位置：

Where was he born? (他在哪裡出生？) (5–223)

I know where he was born. (我知道他在哪裡出生。) (5–224)

$$\begin{cases} \text{When was she born? (她在何時出生？)} & (5\text{-}225) \\ \text{I don't know when she was born. (我不知道她何時出生。)} & (5\text{-}226) \end{cases}$$

現在我們再看幾個 where 帶動的子句例子：

▶ Where there is a will, there is a way. (有志者事竟成。) (5-227)

▶ Where there is life, there is hope. (5-228)

(留得青山在，不怕沒柴燒。)

▶ Where there is smoke, there is fire. (無風不起浪。) (5-229)

我們可以模仿 (5-227)～(5-229) 的句型寫出很多類似的句子。例如：

▶ Where there are hives, there are bees. (5-230)

(有蜂窩之處，就有蜜蜂。)

5-14 what 帶動的子句

what 做疑問詞時，後面同樣可接 be、have、do 或助動詞，例如：

▶ What is he? (他從事什麼工作？) (5-231)

▶ What have you done? (你做了些什麼？) (5-232)

▶ What do you have for lunch? (你中餐吃什麼？) (5-233)

▶ What will he do? (他將要做什麼？) (5-234)

若 what 後面接子句，要特別注意動詞所在的位置，例如：

▶ I know what he is. (我知道他從事什麼工作。) (5-235)

▶ I know what you have done. (我知道你做了些什麼。) (5-236)

▶ I don't know what you have for lunch. (5-237)

(我不知道你們中餐吃什麼。)

▶ I don't care what he will do. (我不在意他將會做什麼。)(5-238)

▶ I remember what should be done. (5-239)

(我記得該做的事是什麼。)

▶ What should be done should be done well.　　　　　　(5–240)

(該做的事就該做好。)

請比較下句：

▶ What should be done? (什麼是該做的事？)　　　　　(5–241)

現在我們看幾句甘迺迪總統就職演說中的名言：

▶ Ask not what your country can do for you. Ask what you can do for your country.　　　　　　(5–242)

(別問你的國家能為你做什麼。問你能為你的國家做什麼。)

有位公司的老闆模仿 (5–242)，對他的員工說：

▶ Ask not what your boss can do for you. Ask what you can do for your boss.　　　　　　(5–243)

(別問你的老闆能為你做什麼。問你能為你的老闆做什麼。)

請看以下句子中動詞的位置：

▶ What can you do for your country?　　　　　　(5–244)

(你能為你的國家做什麼？)

▶ What can your boss do for you?　　　　　　(5–245)

(你的老闆能為你做什麼？)

　　從這些例句中我們可以很清楚看出以 what 為句首的疑問句和 what 帶動的子句兩者動詞安排的位置是先後顛倒的。只要多讀，唸順口就自然「熟能生巧」(Practice makes perfect.) 了。

5–15 Which 帶動的子句

which 當疑問詞用時，後面可接 be、have、do 或助動詞。例如：

▶ Which is better, health or wealth?　　　　　　　　　(5–246)

　(健康或財富，哪一樣較好？)

這句的回答必然是 "health"，因為：

▶ Health is better than wealth. (健康勝於財富。)　　　(5–247)

▶ Which has four legs, a horse or a bird?　　　　　　　(5–248)

　(哪一個有四條腿，馬或鳥？)

▶ Which will you choose, the diamond ring or the plastic ring?

　(鑽戒或塑膠戒，你要選哪一個？)　　　　　　　　　(5–249)

▶ Which can fly faster, an eagle or a swallow?　　　　(5–250)

　(老鷹或燕子，哪一個飛得較快？)

▶ Which is longer, a pencil or a pen?　　　　　　　　(5–251)

　(鉛筆或鋼筆，哪一個較長？)

▶ Which do you prefer, tea or coffee?　　　　　　　　(5–252)

　(茶或咖啡，你比較喜歡哪一樣？)

現在我們看以下的句子跟上面的句子 (5–246)～(5–252) 有何不同：

▶ I can tell which is better. (我能指出哪一個較好。)　(5–253)

▶ Do you know which has four legs?　　　　　　　　　(5–254)

　(你知道哪一個有四條腿呢？)

▶ Please tell me which you choose.　　　　　　　　　(5–255)

　(請告訴我你選哪一個。)

▶ Everybody knows which can fly faster.　　　　　　(5–256)

　(每個人都知道哪個飛得較快。)

現在請看以下句子的變化：

▶ Which does he want? (他想要哪一個？) (5–257)

▶ Ask him which he wants. (問他想要哪一個。) (5–258)

一定不可寫成：Ask him which does he want? (×) (5–259)

(5–251) 句的平述句是：

▶ I don't know which is longer. (我不知道哪一個較長。) (5–260)

(5–248) 句的平述句可寫成：

▶ Everybody knows which has four legs. (5–261)

(每個人都知道哪個有四條腿。)

(5–252) 句若寫成平述句是：

▶ He knows which you prefer. (他知道你較喜歡哪一個。) (5–262)

(5–249) 句若變成平述句可寫為：

▶ She knows which you will choose. (5–263)

(她知道你將選擇哪一個。)

5–16 Why 帶動的子句

我們先從 why 帶動的疑問句講起。例如：

「他去那裡。」→ He goes there. (5–264)

「他去那裡嗎？」→ Does he go there? (5–265)

「他為何去那裡？」 → Why does he go there? (5–266)

若句子變為「我知道他為何去那裡。」這時該怎麼寫呢？請看以下分析：

「我知道……」→ I know... (5–267)

「我知道為何……」→ I know why... (5–268)

「我知道為何他去那裡。」這時只須將 (5–264) 加入即可：

▶ I know why he goes there.   (5–269)

(5–269) 中的子句 "he goes there" 就是 (5–264) 句。這時不可寫成：

▶ I know why does he go there. (×)   (5–270)

同樣的道理，我們可寫出很多其它的句子：

▶ He does not know why she loves him.   (5–271)

(他不知道為何她愛他。)

▶ She knows why he does not love her.   (5–272)

(她知道為何他不愛她。)

$\left\{\begin{array}{l}\text{Why did he do it? (他為何做這件事？)} \hspace{2em} (5\text{--}273) \\ \text{I asked him why he did it. (我問他為何做這事。)} \hspace{0.5em} (5\text{--}274)\end{array}\right.$

不能寫成 I asked him why did he do it. (×)   (5–275)

$\left\{\begin{array}{l}\text{Why did she say that? (她為何說那些話？)} \hspace{1em} (5\text{--}276) \\ \text{I don't understand why she said that.} \hspace{2.5em} (5\text{--}277) \\ \text{(我不了解她為何說那些話。)}\end{array}\right.$

我們再看若干以 why 帶動子句的例子：

$\left\{\begin{array}{l}\text{Why does he learn English? (他為何學英文？)} \hspace{1em} (5\text{--}278) \\ \text{Nobody knows why he learns English. (沒人知道他為何學英文。)} \\ \text{Do you know why he learns English? (你知道他為何學英文嗎？)}\end{array}\right.$

$\left\{\begin{array}{l}\text{Why does she teach him English? (她為何教他英文？)} \hspace{1em} (5\text{--}279) \\ \text{Nobody knows why she teaches him English.} \\ \text{(沒人知道她為何教他英文。)} \\ \text{Do you know why she teaches him English?} \\ \text{(你知道她為何教他英文嗎？)}\end{array}\right.$

> Why did he go there? (他之前為何去那裡呢？)   (5−280)
>
> Nobody knows why he went there.
>
> (沒人知道他之前為何去那裡。)
>
> Do you know why he went there? (你知道他之前為何去那裡嗎？)

跟前面幾個疑問詞一樣，why 當疑問詞用的時候，後面可接 be、have、do 或助動詞。請再看以下句子：

▶ Why is he so angry? (他為什麼這麼生氣？)   (5−281)

▶ Why does the sun go on shining? 〔註〕   (5−282)

    (太陽為何依然照耀？)

▶ Why should I do it? (為什麼我該做這件事？)   (5−283)

Why 後面接 have 似乎很怪，所以不寫。若勉強要寫，也可寫出這樣的句子：

▶ Why has he eaten so much?   (5−284)

    (為什麼他已經吃了這麼多？)

這樣的句子還不如用過去式比較恰當：

▶ Why did he eat so much? (為什麼他吃了這麼多？)   (5−285)

現在我們看 why 帶動子句的例子與疑問句的比較：

〔註〕這兩句是名歌 The End of the World (世界末日) 歌詞的第一、二句。另外還有四句用 why 開頭的疑問句：Why do the birds go on singing?

                  Why do the stars glow above?

                  Why does my heart go on beating?

                  Why do these eyes of mine cry?

(請回顧 (5−85)～(5−88)) 都是很美的句子。你若對整首歌詞有興趣，請參看三民書局出版 (齊玉著) 的《優游英文》(Wandering English) 第 78 景 P. 169。

Why does he come here? (他為何來這裡？) (疑問句)　　(5–286)

I don't know why he comes here.　　(5–287)

(我不知道他為何來這裡。) (子句)

Why must I go? (為何我必須去？) (疑問句)　　(5–288)

You know why I must go.　　(5–289)

(你知道為什麼我必須去。) (子句)

Why does the sea rush to shore?　　(5–290)

(海浪為何拍打著岩岸？) (疑問句)

Nobody knows why the sea rushes to shore.　　(5–291)

(無人知曉海浪為何拍打著岩岸。) (子句)

5–17 how 帶動的子句

做疑問詞用的時候，how 後面可接 be、have、do 或助動詞，請看下列例句：

▶ How is the weather? (天氣如何？)　　(5–292)

▶ How far is it from here to the station?　　(5–293)

(這裡離車站多遠？)

▶ How have you been? (你最近如何？)　　(5–294)

▶ How do you learn English? (你如何學英文？)　　(5–295)

▶ How would you like it? (你對它還喜歡吧？)　　(5–296)

現在我們比較看看 how 帶動子句的例子和疑問句有何差異：

▶ How did he come here? (他怎麼來這裡的？) (疑問句)　　(5–297)

▶ I know how he came here.　　(5–298)

(我知道他是怎麼來這裡的。) (子句)

也許他是坐火車 (by train) 或搭公車 (by bus) 來的。

$\begin{cases}\end{cases}$ How does she teach English? (她如何教英文？) (疑問句)　(5–299)

He knows how she teaches English.　(5–300)

(他知道她如何教英文。) (子句)

$\begin{cases}\end{cases}$ How important is he? (他有多麼重要呢？) (疑問句)　(5–301)

I know how important he is. (我知道他有多重要。) (子句) (5–302)

$\begin{cases}\end{cases}$ How old is she? (她年紀多大？) (疑問句)　(5–303)

He knows how old she is. (他知道她年紀多大。) (子句)　(5–304)

$\begin{cases}\end{cases}$ How do we communicate with others?　(5–305)

(我們如何跟他人溝通？)

This is how we communicate with others.　(5–306)

(這是我們跟他人溝通的方法。)

到目前為止，我們已經讀了很多有關 6W1H 的例句。值得一提的是，這 6W1H 不但對學英文者很重要，對其它的工作者也同樣的重要。我曾不經意地問一位學服裝設計的學生，設計服裝所根據的理念是什麼，使我大為驚訝的是，這位學生的回答竟然是我們這裡所讀的 6W1H！就是這服裝為誰 (who) 而做，何時 (when) 穿，在什麼場合 (where) 穿，用什麼材料 (what) 做，用哪一種款式 (which) 做，為什麼 (why) 要這樣做，最後是如何 (how) 做好。天下的道理都是相通的，可不是嗎？

5–18 6W1H 的整合

"6W1H" 攤開來就是七個字：

who　when　where　what　which　why　how　(5–307)

"be" 共有八種形態：

be　am　is　are　was　were　been　being　　　　　　　　(5-308)

"have" 的三變化是：

$$\left.\begin{array}{l} \text{have} \\ \text{has} \end{array}\right\}\text{had　had}$$　　　　　　　　　　　　　(5-309)

"do" 的三變化是：

$$\left.\begin{array}{l} \text{do} \\ \text{does} \end{array}\right\}\text{did　done}$$　　　　　　　　　　　　　(5-310)

助動詞有很多，現在只舉數例：

$$\left\{\begin{array}{l} \text{will}\quad\text{would (將)} \\ \text{shall}\quad\text{should (將)} \\ \text{can}\quad\text{could (能)} \\ \text{may}\quad\text{might (也許，可能)} \\ \text{must}\quad\text{must (必須)} \end{array}\right.$$
　　　　　　　　　　　(5-311)
　　　　　　　　　　　(5-312)
　　　　　　　　　　　(5-313)
　　　　　　　　　　　(5-314)
　　　　　　　　　　　(5-315)

可以想像將 (5-307)～(5-315) 這些字做適度的組合有多少種，語言是種邏輯推理的陳述，能用以表達完整的意義。這就像把有限種類的建材做不同的安排與組合就可建成各式各樣不同類型的房屋一樣。〔註〕

　　現在我們把 6W1H 編到一個句子中，請看：

〔註〕同樣，將有限的字彙做不同的排列就可造成不同的句子。試以上面的概念將一首大家耳熟能詳的詩句重新排列組合，看看結果如何。原本的詩是：

　　　「千山鳥飛絕，萬徑人蹤滅。孤舟簑笠翁，獨釣寒江雪。」

重新安排後成為：「飛鳥絕，人蹤滅。孤舟獨釣簑笠翁，千山萬徑寒江雪。」相當值得玩味。

We don't know <u>who he is</u>, <u>when he came here</u>, <u>where he is from</u>,
      ①   ②   ③

<u>what he is</u>, <u>which way he chooses</u>, <u>why he is so mysterious</u>, and
 ④   ⑤   ⑥

<u>how important he is</u>.
  ⑦

(我們不知道他是誰，他何時來這裡，他從何處來，他從事什麼工作，
他選哪一條路，為何他如何神秘，而且他有多麼的重要。)

這一句只是將七個字 (6W1H) 分別寫成簡單的子句，然後放在一起，
正如同將七個球掛在一起一樣，如圖 5–1 所示。

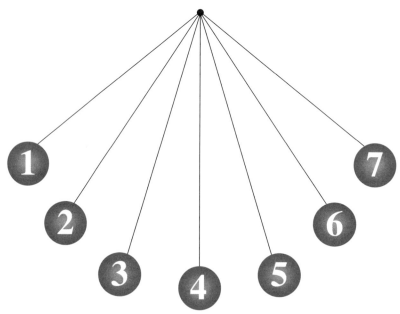

圖 5–1　把七個球分開掛在一起，易！

但若要將這七個字 (6W1H) 編在一整句中 (句中有句，句中又有句)，
正如象牙球中有球，球中又有球 (balls-within-balls)，如圖 5–2，那就
困難了〔註〕，請看以下的句子：

圖 5–2　球中置球，難！

Who can realize how a husband explains why his wife went to a city
⓵　　　　　　　　⓶　　　　　　　　　　　　　⓷

where she didn't know what she wanted to buy with the money which
⓸　　　　　　　　　⓹　　　　　　　　　　　　　　　　　　　⓺

she had earned when she got there?　　　　　　　　　　　　(5–316)
　　　　　　　　⓻

(誰能體會一個丈夫如何解釋為何他的妻子去到一個當她到了那裡卻
　⓵　　　　　　　⓶　　⓷　　　　　　　　　　　　⓻

不知道用她賺到的錢想要買什麼的城市？)
　　　　　　　　　　　　⓹

〔註〕國際級蛋雕大師關椿邁先生，將蛋雕藝術發揮到空前極致的境界，象牙球可用
　　　鏤刻的技術製成，但關椿邁大師可將大小不同的八個蛋殼層層套在一起，形成
　　　蛋中有蛋 (eggs-within-eggs)，如何製成？除關大師外，無人知曉，乃成了本
　　　世紀藝術之謎 (見附錄二)。

請看 (5–316) 句中的④ where 與⑥ which 無法呈現在中譯裡，這就是中文和英文不同之處。

練習

請填入適當的 6W1H。

1. 昨天誰開我的車？

   _____ drove my car yesterday?

2. 你何時遇到他？

   _____ did you meet him?

3. 你在哪裡出生？

   _____ were you born?

4. 餐桌上是什麼？

   _____ is on the dinner table?

5. 水或果汁你較喜歡哪一個？

   _____ do you prefer, water or juice?

6. 他為何如此鬱卒？

   _____ is he so blue?

7. 你昨天怎麼來這裡的？

   _____ did you come here yesterday?

8. 盒子裡是什麼？

   _____ is in the box?

9. 龜與兔，那個跑得比較快？

   _____ runs faster, a turtle or a rabbit?

10. 你為何學德文？

_____ do you learn German?

11. 你何時出生？

_____ were you born?

12. 你在何處學英文？

_____ did you learn English?

13. 誰教你英文？

_____ teaches you English?

14. 你有多高？

_____ tall are you?

15. 台南到台東多遠？

_____ far is it from Tainan to Taitung?

解答

1. Who	2. When	3. Where	4. What	5. Which
6. Why	7. How	8. What	9. Which	10. Why
11. When	12. Where	13. Who	14. How	15. How

第 *6* 訣　兩種語態 (主動語態和被動語態)

　　1949 年 (民國 38 年)，我住在嘉義縣大林鎮，念大林國小三年級。由於那時正值推行說國語運動，學生在學校只能說國語。記得有一次，一位同學氣呼呼幾乎快要哭出來 ， 結結巴巴地向老師告狀：「老輸(師)，他給鵝(我) 打！」原來他的意思是「老師，他打我！」「他給我打！」是台語的說法，但用國語講就成了「他被我打！」(被動式) 而「他打我！」是主動式。所以說話的時候，主動和被動不能含糊不清，不然，聽者會一頭霧水。

6–1 及物動詞 (transitive verb)

　　及物動詞的「及」〔註〕字是「推己及人」中的及。顧名思義，及物動詞就是所代表的動作會「及」於人、物或動物身上。例如：
beat　beat　beaten　打　　　　　　　　　　　　　　　　　(6–1)

6–2 主動語態 (active voice)

　　這個「打」字就是及物動詞，由於及物動詞的動作會及於人、物或動物身上，所以後面一定要接受詞，例如：
　　▶ He beats the dog. (他打狗。)　　　　　　　　　　　　　(6–2)
打的動作及於狗，所以 the dog 就是 beat 的受詞，這個句型是主動式

〔註〕有一道謎題，要用台語來唸，因為跟台語的諧音有關，請聽：「左邊看是人，
　　右邊看是 " 衫 "。人是中國人，" 衫 " 是阿拉伯的 " 衫 "」請猜一字。謎底就是
　　「及」物動詞的「及」字！因為及是「人加 3」的組合。及字的左邊是「人」，
　　右邊是「3」(衫)，人是國字的人，而 3 是阿拉伯數字的 3，有趣吧！

的說法。再看一個及物動詞 "bite" [baɪt] 咬。其三態變化為：

bite　bit　bitten　　　　　　　　　　　　　　　　　　　(6–3)

▶ The dog bites him. (狗咬他。)　　　　　　　　　　　　(6–4)

這個 "bite" 就是及物動詞，而 bite 後面接的是受詞，所以要接 "him"，而不是 "he"，him 是 he 的受格。

6–3 被動語態 (passive voice)

中文的被動語態中一定有一個「被」字。例如：

▶ 狗「被」他打。　　　　　　　　　　　　　　　　　　(6–5)

但英文沒有一個字跟中文的「被」字相對應，那麼英文的被動如何表達？有一條文法規則可循，那就是：

$$\text{to be} + 過去分詞 \rightarrow 被動式 \qquad (6-6)$$

be 動詞後面跟一個過去分詞就成了被動，所以一看到 be 動詞後面有過去分詞就有「被」的意味，例如：

be 動詞 + beaten (beat 的過去分詞) → 被打　　　　　　(6–7)

be 動詞 + bitten (bite 的過去分詞) → 被咬　　　　　　(6–8)

只要了解這個法則，就可以舉一反三，反三十，反三百，甚至反無窮了。這就是所謂「一通則百通」的道理。

我們先列一些動詞的三態變化，然後寫出被動式，請注意！這裡能寫出被動式的動詞一定是及物動詞。請看下表：

變化形式 中譯	原形	過去式	過去分詞	
吃	eat	ate	eaten	(6–9)
喝	drink	drank	drunk	(6–10)
看	see	saw	seen	(6–11)
發現	find	found	found	(6–12)
打破	break	broke	broken	(6–13)
寫	write	wrote	written	(6–14)
說	speak	spoke	spoken	(6–15)
建造	build	built	built	(6–16)

現在我們用 (6–9)～(6–16) 這幾個字造被動式的句子：

▶ A pear is eaten. (一個梨子被吃。)   (6–17)

▶ Coffee is drunk. (咖啡被喝。)   (6–18)

▶ A bee is seen. (一隻蜜蜂被看到。)   (6–19)

▶ Many birds are found. (很多鳥被發現。)   (6–20)

▶ A plate is broken. (一個盤子被打破。)   (6–21)

▶ Two letters are written. (兩封信被寫。)   (6–22)

▶ English is spoken. (英文被說。)〔註〕   (6–23)

▶ A villa is built. (一棟別墅被建造。)   (6–24)

所以英文的被動式是由 be 動詞配過去分詞而來的，每當我們看到這類的句型時，就知道是被動式。

(6–17)～(6–24) 句子中只是說什麼被吃、被喝、被看到……，但被誰吃呢？所以被動式通常後面要說明被誰吃，例如「被我」就要用 "by me"，因此 (6–17) 句就成了：

〔註〕「在美國是說英文的。」這句話怎麼說？只須將 (6–23) 句加 in America 即可。

▶ English is spoken in America.

▶ A pear is eaten by me. (一個梨子被吃被我。)　　　　　(6–25)

中文這樣的寫法當然是怪怪的，所以我們譯成：

▶ 一個梨子被我吃。　　　　　　　　　　　　　　　　(6–26)

同樣的寫法，可把 (6–18)～(6–24) 補充為：

▶ Coffee is drunk by him. (咖啡被他喝。)　　　　　　(6–27)

▶ A bee is seen by the boy. (一隻蜜蜂被這小孩看到。)　(6–28)

▶ Many birds are found by her. (很多鳥被她發現。)　　(6–29)

▶ A plate is broken by him. (一個盤子被他打破。)　　　(6–30)

▶ Two letters are written by my brother.　　　　　　　(6–31)

　　(兩封信被我哥哥寫。)

▶ English is spoken by them. (英文被他們說。)　　　　(6–32)

▶ A villa is built by them. (一棟別墅被他們建好。)　　(6–33)

　　現在我們已經把被動式的句子學會了，接下來就是要分析不同時態的被動式。就拿 (6–17) 句來說明。"A pear is eaten."(一個梨子被吃。) 是現在被吃。如果說「過去被吃」怎麼寫？當然要把 (6–17) 句中的 is 改為 was 就好了，即

▶ A pear was eaten. (一個梨子之前被吃。)　　　　　　(6–34)

　　只要改變 be 動詞的形態就可寫出不同時態的被動式，請回頭看 (2–17)～(2–21)，be 動詞有五種基本的形態，就是：

現在式	He is here.	→	A pear is eaten.	(6–35)
過去式	He was here.	→	A pear was eaten.	(6–36)
未來式	He will be here.	→	A pear will be eaten.	(6–37)
完成式	He has been here.	→	A pear has been eaten.	(6–38)
進行式	He is being here.	→	A pear is being eaten.	(6–39)

上面五句一看就知道分別是一個梨子「現在被吃」、「過去被吃」、「將要被吃」、「已經被吃」、「正在被吃」。

　　只要弄清 be 動詞的五種形態，背熟動詞三態變化，就很容易寫出不同時態的被動式來。

6-4 五種不同時態的被動式

　　我們再以 (6-24) 句為例，說明五種不同時態的被動式，若配合時間副詞，更能凸顯這幾種時態的被動式之意義，請看：

A villa is built every year. (每年有一棟別墅被建造。)　　(6-40)

A villa was built last year. (去年一棟別墅被建造。)　　(6-41)

A villa will be built next year. (明年一棟別墅將被建造。)　(6-42)

A villa has been built by us. (一棟別墅已經被我們建造。) (6-43)

A villa is being built now. (現在一棟別墅正在建造中。)　(6-44)

中文的被動式有時將「被」字省掉，表面上是主動，事實上是被動，例如我們常聽到這樣的說法：

這棟房子三年前建造。　　　　　　　　　　　　　　　(6-45)

現在還在建。　　　　　　　　　　　　　　　　　　　(6-46)

明年就會建好。　　　　　　　　　　　　　　　　　　(6-47)

這三句話中沒有「被」字，但都是被動式，正式的說法是：

這棟房子三年前被建造。　　　　　　　　　　　　　　(6-48)

現在還在被建。　　　　　　　　　　　　　　　　　　(6-49)

明年就會被建好。　　　　　　　　　　　　　　　　　(6-50)

英文當然是：

▶ The house was built three years ago.　　　　　　　(6-51)

（這棟房子建於三年前。）

▶ Now it is being built. (現在它正在建造中。)　　　　　　　(6–52)

▶ It will be built next year. (明年它將被建造。)　　　　　　(6–53)

在基本的觀念上，我們要知道被動式的句子一定要有及物動詞，「他打狗」、「狗被他打」、「狗咬他」、「他被狗咬」，「打」和「咬」都是及物動詞，這個重要的觀念相信大家都已知道了。反過來，與及物動詞相對的是不及物動詞 (intransitive verb)，例「睡覺」(sleep)、「游泳」(swim)、「休息」(rest) 等都是不及物動詞。不及物動詞不能變出被動式的句子來，我們可以說「他睡覺。」，卻不能說「覺被他睡。」；可以說「他游泳。」，但不能說「泳被他游。」；可以說「我休息。」，可不能說「息被我休」。英文的「他睡覺。」是 "He sleeps."，當然無法改寫成被動式。"He swims."(他游泳。) 也不可能改為被動式。同樣 "He rests."(他休息。) 也是不可能改為被動式的。請看下列例句：

▶ "He swims in a swimming pool." (他在游泳池裡游泳。) (6–54)

上句中的 in a swimming pool 是個片語，是位置副詞，絕不是 swims 的受詞！而 swim 本身是不及物動詞，後面當然不可能接受詞，這是很容易理解的觀念。

以後我們會介紹一種及物動詞，它的後面要接受詞，而受詞後面還須加補語才能使整個句子語意完整，否則，句子就不通了！這樣的及物動詞，我們定其名為「不完全及物動詞」(incomplete transitive verb)。

談到被動語態，筆者極力向各位推薦一篇經典之作——《禮運大同篇》(The Discourse of Great Harmony)，這篇文中很多句子都是被動語態，請各位詳讀，甚至精讀。全文共 12 句，我們逐句逐字說明：

(1) When the great way prevails, the world community is equally shared by all. 大道之行也，天下為公。

(2) The worthy and able are chosen as office holders. 選賢與能。

(3) Mutual confidence is fostered and good neighborliness cultivated. 講信修睦。

(4) Therefore people do not regard only their own parents as parents, nor do they treat only their own children as children.
故人不獨親其親，不獨子其子。

(5) Provision is made for the aged till their death, the adults are given employment, and the young enabled to grow up.
使老有所終，壯有所用，幼有所長。

(6) Widows and widowers, orphans, the old and childless as well as the sick and disabled are all well taken care of.
鰥寡孤獨廢疾者皆有所養。

(7) Men have their proper roles and women their homes.
男有分，女有歸。

(8) While they hate to see wealth lying about on the ground, they do not necessarily keep it for their own use.
貨惡其棄於地也，不必藏於己。

(9) While they hate not to exert their own effort, they do not necessarily devote it for their own ends. 力惡其不出於身也，不必為己。

(10) Thus evil scheming is repressed, and robbers, thieves and other lawless elements fail to arise.
是故謀閉而不興，盜竊亂賊而不作。

⑾ So that outer doors do not have to be shut. 故外戶而不閉。

⑿ This is called "the Age of Great Harmony." 是謂大同。

幼有所長

老有所終　　壯有所用

Provision is made for the aged till their death, the adults are given employment , and the young enabled to grow up.

　　現在我們分析《禮運大同篇》英譯的文法：

　　(1)「當真理正道實現時，世界上每個區域為大家所均享。」這是字譯。 the great way (大道) prevail (盛行)，community (社區)。 is shared (be) 加過去分詞 shared，成為被動式，即 (6–6) 式，share (share shared shared) 是規則動詞。by all (被大家)。equally 是 equal (相等的) 的副詞形式，可譯為「平均地」。is equally shared by all 可譯為「平均地被大家分享。」但原文 (1) 句可意譯為「當真理正道實現時，大家都要以大公無私的心去處理眾人之事。」國父孫中山先生最喜歡的兩句話是「博愛」和「天下為公」，事實上「天下為公」就是三

民主義 (民族主義 (民有)、民權主義 (民治) 和民生主義 (民享)) 中的民享。「民有」、「民治」 和 「民享」 英譯為 "of the people"、"by the people" 和 "for the people"。

　　美國已故總統甘迺迪在他就職演說中的一句名言：

"The rights of man come not from the generosity of the states but from the hand of God."

(人民的權力不是來自國家的慷慨施捨，而是來自神的賜予。)
這句話蘊藏著「天下為公」的涵義。

　　(2)「選出賢明和有能力的人。」 這是中文的字譯。英文版中的 worthy (值得的) 和 able (有能力的) 都是形容詞。英文有一則文法：「有些形容詞前加定冠詞 the 變成集合名詞。」 例如 old (衰老的) 是形容詞，前面加 "the" 而成 "the old" 就是「老年人們」，字面上看是單數，但實質上是複數 ； 又如 young (年輕的) 是形容詞 ，"the young" 就是「年幼者」；又如 aged (上了年紀的，年紀大的，乃由 age 加 ed 而來，因 age 字尾已有一個 e，所以只加 d 即可。) 是形容詞，"the aged" 就是指「老人」，也是複數形，但字面上是單數。

　　回頭看 worthy 和 able 二字，"the worthy" 就是「值得的人」，這樣翻譯當然不通，它的涵義是「值得敬仰的人」，我們可譯為「有賢德者」，也就是有品德的人，有高道德標準的人，不會做「法律所不容許之事」的人。"the able" 就是「有能力的人」，也就是「有才能的人」。筆者的老師王惠然教授曾經說了一句令人回味的名言：「無才無德是廢人，無才有德是善人，有才無德是小人，有才有德是聖人。」所以我們可把 "the worthy" 譯成「有德者」；"the able" 譯成「有才者」。"the worthy and the able" 是「有德者和有才者」，而 "the worthy and able"

是「有德與才者」，也就是「德才兼備的人們」，所以多一個 "the"、少一個 "the" 意思相去甚遠。

　　"are chosen" 又是被動式，choose　chose　chosen (選擇)，be 動詞加過去分詞就是被動式　「被選為」　"are chosen as" 中的 "as" 就是「當，擔任」之意。例如 "He is chosen as our class leader."「他被選為我們的班長。」

　　"office" 是「辦公室」，"holder" 是 "hold" (持有) 加 "er" 而成，譯成「持有人」。"office holder" 字譯為「辦公室的持有者」，意譯為「辦公者」，也就是「為眾人服務的公務員」，就是封建時代的「官吏」。(2) 的涵義是「有賢德與才能的人被選出來為眾人服務。」

　　(3)「講信修睦」字譯是「講信用修和睦」。

　　"confidence" 是「信用，責任」。"neighborliness" 是由 "neighbor (鄰居)" 衍生而來，名詞加 "ly" 變為形容詞，例如 "friend" (朋友) 是名詞，加 "ly" 而成 "friendly" (友善的)。所以 "neighbor" 加 "ly" 而成 "neighborly" 就是「睦鄰的」，成了形容詞，再將形容詞加 "ness" 就成了名詞，"neighborly" 後面加 "ness" 之前，要將 "y" 改成 "i"，所以就變成了 "neighborliness" (睦鄰) 是名詞。

　　"foster" 有多重意義：助長、培養、激發、照顧、養育。它是規則動詞。"Confidence is fostered." 是被動式，即 be 動詞加過去分詞 fostered。「信用被培養。」這是字譯，這句話的涵義是「講求信用。」

　　"Good neighborliness is cultivated." 也是被動式，"cultivate" 是「培養」的意思。這句話的字譯是「好的睦鄰關係受到培養」。因為兩小句都是被動，所以整句 "Confidence is fostered and good neighborliness (is) cultivated." 句中第二個 "is" (括號括出者) 即可省

去。這種省略方式在 (5) 中也會出現。(3) 的中譯為「大家彼此要講求信用，小至於鄰居，大至於世界各國之間都要敦親睦鄰。」

(4) "regard...as..." 意思是「視…為…」，"People do not regard only their own parents as parents." 字譯為「人們不只是視他們自己的父母為父母。」第二小句本應寫成 "They do not regard only their own children as children." 字譯為「他們不只是視他們自己的子女為子女。」將以上兩小子句合成一句，要用一個字 "nor"，原來的 they do not 就要改寫成 nor do they。所以合起來寫就成了 (4) 句。這類的句型是很普遍的，例如 "He is not hungry, and I am not hungry."，可寫成 "He is not hungry, nor am I."；"You do not like smoking, and I do not like smoking." 可寫成 "You do not like smoking, nor do I."。「故人不獨親其親，不獨子其子。」的字譯是「所以人們不只視他們自己的父母為父母，也不只是視他們自己的子女為子女。」，引申的涵義為「所以人們不僅孝順他們自己的父母，愛護自己的子女；也要視他人的父母、子女如自己的父母、子女。」

(5)「使老年人能得到善終；壯年人能得到適當的工作；幼小者能得到照顧，順利成長。」這是字面上的翻譯。英文版中的 "provision" 是「供應」，指生活必需品，"Provision is made for the aged." 句中 is made (被製作，被準備好) 是被動式，"for the aged" 是指「為上了年紀的人」。"till their death" 是「直到他們亡故」之意。"Provision is made for the aged till their death." 字面的意義是「生活必需品為老年人都備妥直到他們死亡。」也就是讓老年人在生前的生活無虞。

"adult" 為「成年人」，"are given employment" 是被動式，意思是「被給予雇用」，"The adults are given employment." 是「壯年人被給

予工作的機會。」"the young" 是「幼小者」,指小孩子們。"(are) enabled" 是被動式,但英文句中的 are 被省略,這一段文法與 (3) 中 cultivated 前面的 is 被省略是一樣的道理。"enable" 的意思是「使…有能力」,為規則動詞 (enable enabled enabled)。"are enabled" 意思是「被給予…的能力」。"The young are enabled to grow up." 字譯是「年幼者被給予成長的能力。」這句話不能寫成 "The young are able to grow up.",這樣寫就表示「年幼者有能力成長。」但事實上,年幼者無法自己成長,一定要受到照顧才能順利長大。所以要用 "are enabled to grow up" 而不用 "are able to grow up"。(5) 的意譯為「使老者能安享天年;使壯者能適才適用;使幼者能順利長大。」

(6) "widow" 為「寡婦」之意,指失去丈夫的婦人;"widower" 為「鰥夫」,指失去妻子的男人;"orphan" 為「孤兒」,指少而失去父母的孩子;"the old and childless" 為「獨」,指老而無子女者。"old" (老的) 是形容詞,前面加定冠詞 "the" 而成 "the old" (年老的人們),"childless" 是 "child" (孩子) 加 "less",指「無子女的」,也是形容詞。"the childless" 是「無子女的人們」。"the old and the childless" 與 "the old and childless" 不同,前者是「老年人們和無子女的人們」;後者是「老而無子女的人們」,指既老又無子女的人們,是謂「獨」。"the sick" 是「生病的人們」,"sick" (生病的),是形容詞,前面加 "the" 變成 "the sick" (生病的人們),也就是「疾」。"disabled" (無能力的),是由 "able" 前面加上前綴字 "dis" (有「不」的涵義) 而來,是形容詞,"disabled" 前加 "the" 變成 "the disabled" (無能力的人們),就是「殘障人士」,即中文版中的「廢」。世上最需要幫忙照顧者是 "the sick and disabled",就是「生病又殘障的人士」,也就是「廢疾者」。

英文 (6) 中的 "are taken care of"(被照顧) 又是被動式，"take" 的三態變化是 take took taken，be 動詞加過去分詞就是被動式。"are all taken care of" (都被照顧)，"are all well taken care of" (都被好好地照顧)。

中文寫的是「鰥寡」，英文卻譯成 "widows and widowers" (寡婦和鰥夫)。這是為什麼呢？因為英文寫作裡，音節少的字置於音節多者之前，"widow" [ˋwɪdo] 有兩個音節，而 widower [ˋwɪdoɚ] 有三個音節，這樣唸來較順口。同理，後面的「廢疾者」譯成 "the sick and disabled" 也一樣。

「鰥寡孤獨廢疾者皆有所養」表示「失去妻子的鰥夫、失去丈夫的寡婦、少而失去父母的孤兒、老而無子女的獨居老人和生病又殘障的人士都能得到妥善的照顧。」

(7)「男有分，女有歸」字譯為「男有本分，女有歸宿」。英文 "Men have their proper roles and women (have) their homes." 句中的 "proper roles" 是「適當的角色」；"Women have their homes." 是「女人有她們的家」英文 (7) 句中第二個 "have" 可略。(7) 的中文涵義是「男人都有稱心的職業，而女人都有好的歸宿。」

(8)「貨惡其棄於地也，不必藏於己。」的涵義是「就算他們很厭惡貨物被棄置在地上而不用，但也不必要將它收藏為己有。」英文版："While they hate to see wealth lying about on the ground, they do not necessarily keep it for their own use." 句中 "they hate to see wealth lying about" 是「他們厭惡貨物四處散落。」，"on the ground" (在地上)，"lying" 是 "lie" 的現在分詞 (lying 是由 lie 加 ing 而成，lie 後有 e，加 ing 之前要去 e，所以就是 "liing"，這樣寫法太怪，所以將第一

個 i 改為 y，而成 lying。) "lying about on the ground" (四處散落在地上) 是現在分詞片語，形容前面的 "wealth"。about 在這裡不能解釋為「關於」，而是「四處」、「到處」。有一片語 "to beat about the bush" (旁敲側擊)，其中的 about 一字與文中 lying about on the ground 有相似的涵義。"necessarily" 是 "necessary" (必須的) 的副詞形式。"keep it for their own use" (收藏為他們自己所用)。英文句 (8) 中的第一個字 "While" 不作「當，趁」解，可做 "although" 解，例如 "While I understand what he says, I can't agree with him." (雖然我懂他所說的話，但我還是不同意他。)

(9)「力惡其不出於身也，不必為己。」的涵義是「就算他們很厭惡有力氣不使出來，但也不必要使出力氣只為一己之私。」英文版："While they hate not to exert their own effort, they do not necessarily devote it for their own ends."，句中 "exert their own effort" (使出他們自己的努力)，也就是「使出他們自己的力氣」，"devote"(致力於)，"for their own ends" (為了他們自己的目的)，"necessarily" 的說明同上面 (8) 中的內文。有人具備能力才華，但不發揮出來，我們很厭惡這種人，不過一旦發揮出來也不必要只是為了謀一己之私。(8) 與 (9) 兩句成對句，前者是物，後者是人，也就是「人盡其才，地盡其利，物盡其用，貨暢其流」的真諦。

(10)「是故謀閉而不興」的涵義是「因此陰謀詭計不會興起」。英文版："Thus evil scheming is repressed."，"evil" (邪惡的) "scheming" (計謀)，"repress" (壓抑) "is repressed" 這裡又是被動式，be 動詞加過去分詞形成被動式。字譯是「因此邪惡的計謀被壓抑。」

「盜竊亂賊而不作。」的涵義是「強盜、偷竊、作亂、害人之事不會發生。」，英文版："robbers, thieves and other lawless elements fail to arise." 中，"robber" (強盜) "thief" (小偷) "law" (法律) "lawless" (違法的) "element" (事件) "fail to" (不會，不能) "arise" (發生)。

(11)「故外戶而不閉」的涵義是「大門可以不必關閉」。英文："So that outer doors do not have to be shut."，"So that" (因此) "outer doors" (屋外的門戶，大門)，"have to" (得，必須)，例如："It's too late. I have to leave now." (太晚了，我得離開)。

(12)「是謂大同」的涵義是「這就是世界大和諧的時代。」英文版："This is the Age of Great Harmony." 中的 "age" (時代) "great" (大的) "harmony" (和諧) "great harmony" (大和諧)。

全文十二句，用詞精練。請看「因此」一詞就用三個不同的詞彙：therefore、thus 和 so that。「大同世界」的英譯是 "the world of great harmony"。「大同世界」指的是「天下和平的世界」。筆者小時唱國歌：「三民主義，吾當所宗。以建民國，以進大同……」不知道什麼是「大同」；後來看到英文版才懂「大同」的涵義。上面國歌前面四句應詮釋為「三民主義是我們應當遵從的目標，以三民主義建國，以三民主義促進世界大同。」句中原來是「吾黨所宗」，應為「吾當所宗」。「世界大同」就是世界和平，世界和諧。

身體若能達到和諧狀態，則人體健康；家庭若能和諧，則家庭和樂；社會若能和諧，則社會祥和；國家若能和諧，則國家安定；世界若能和諧，則世界和平。"harmony" (和諧) 是天下大道的極致。人腦的記憶可以說是「神經系統高度和諧的狀態」(the highly harmonic state of the nerve system)，也跟「和諧」有關。

《禮運大同篇》是筆者以前念書時就讀過的文章，當時不甚理解。

後來看到孫穗芳女士所著《我的祖父孫中山先生》一書中的《禮運大同篇》英文版，才豁然開朗。當然這裡所引用的英譯並非是獨一無二 (one and only) 的，必然還有其他的譯文，讀者可自行搜尋。

　　筆者現任成功大學電機系兼任教授，只能教選修課程，乃擇一門自己喜愛的工程英文，每學年上學期開課。有感於工程學學生也應具人文素養，而《禮運大同篇》堪稱全世界最高的政治哲學境界，更迎合現代國際潮流，所以要求學生徹底了解熟背。(請參看聯合報 99.10.18 報導)

禮運大同篇 英文版 70秒要背完

成大教授毛齊武 工程英文課必背 學生沒嚇著 堂堂都爆滿

【記者鄭惠仁／台南報導】你會背「禮運大同篇」嗎？成大電機系教授毛齊武開工程英文課，規定學生要背禮運大同篇，而且是英文版的。這特別的規定沒嚇著學生，堂堂爆滿，還收到許多沒修課學生的旁聽。

「你們如果怕了，還來得及！」七十二歲毛齊武六年前退休，繼續獲成大聘請擔任兼任教授，開了工程英文。每次開學他先提醒學生，有少數學生被嚇到，打退堂鼓；但這三學分的選修課，還是有很多學生不怕，搶著選讀。

為什麼一定要學生背「禮運大同篇」？毛齊武說，禮運大同篇是中國最高的政治哲學境界，也迎合現代大學生都應該了解熟背。

他表示，曾有學生上了他的課後才談到「天下為公」思想，這是全球華流利背出英文版禮運大同篇，讓我更堅定要求學生背禮運大同篇。

毛齊武說，我約花60秒可背完，因此規定學生七十秒背完。除極少數學生因天生語言障礙，無法在限時內完成，大部分都能在規定時間內背完。

兩人花了一個半月練習，「工程英文」，魏英字說，上幾次課後，發現學到不一樣的英文，不論英文能力及研究思維都大幅提升；魏英傑說，毛教授過了好幾年，禮運大同篇英文版仍琅琅上口。

記者拿禮運大同篇中文版請魏姓成大生念，都能在卅至四十秒內完成，但要念英文版時大家都說文言很深奧，「不敢念」。中文系學生蔡佳琪表示，有學長姊修過毛教授課，覺得很不簡單，英文版內容，覺得很難、太有挑戰性了！機械系學生張祈維自認英文不錯，想念念看，但最後放棄了。「太深了！看不太懂，算了！」

苗條少女為什麼最怕C？
周公敗給毛教授

【記者鄭惠仁／台南報導】「苗條少女八條腿走進地窖，怎麼念八條腿走出來？原來是貓叼了隻老鼠，」還有「苗條少女為什麼最怕C？因為C使FAT成為FACT。」

毛齊武的父親是軍人，小學隨著父親的工作調動，讀了六所小學，「我小學的成績平平，別人都在午睡，別人都在年初中部。

毛齊武說，家住茅草屋，很幸運，讀書丶寫英文直升高中部，再以全校第二名畢業保送成大，後到美國、德國留學。除了電磁學，英文是他的最愛。

下課後，走井分鐘路到天主教堂跟神父學英文，每天愛我很好的發音基礎，一生受用不盡。國中考上高二中初中部。

毛齊武說，語文及數學是相通的，沒有那麼難，自然與工程合天理與人性」，是天生的，工程是人造的，自然與工程合天理與人性，工程英文課活潑又有趣，學生準時上課也不會打瞌睡。

▲成大電機系教授毛齊武教工程英文課，常以腦筋急轉彎方式教學，就像他的著作「奇言妙語」一樣有趣。
記者鄭惠仁／攝影

大道之行也天下為公選賢與能講信修睦故人不獨親其親不獨子其子使老有所終壯有所用幼有所長矜寡孤獨廢疾者皆有所養男有分女有歸貨惡其棄於地也不必藏於己力惡其不出於身也不必為己是故謀閉而不興盜竊亂賊而不作故外戶而不閉是謂大同

孫文圖

Dr. Sun's inscription: The Discourse of Great Harmony.

When the great way prevails, the world community is equally shared by all. The worthy and able are chosen for office holders. Mutual confidence is fostered and good neighborliness cultivated. Hence, people do not regard as parents only their own parents, nor do they treat as children only their own children. Provision is made for the aged till their death, the able-bodied are given employment, and the young enabled to grow up. Widows and widowers, orphans, the old and childless, as well as the sick and disabled are all well taken care of. Men have their proper roles and women their homes. While they hate to see wealth lying about on the ground, they do not necessarily keep it for their own use. While they hate not to exert their own effort, they do not necessarily devote it to their own ends. Thus evil scheming is repressed and robbers, thieves and other lawless elements fail to arise. So that outer doors do not have to be shut. This is called "The Age of Great Harmony."

Sun Wen.

第 **7** 訣　兩種說法 (直接說法和間接說法)

　　有 A、B、C 三人，A 把 B 所說的話一字不改地直接陳述給 C 聽，就是直接說法，例如 B 說：“I am very happy.”

　　A 聽到 B 說了這句話之後，去向 C 說：

　　▶ He says, "I am very happy."　　　　　　　　　　　　　　(7-1)

但是當 A 向 C 說這句話的時候，必須要做一個「引號」的手勢，這樣 A 才不會被 C 誤認為 A 自己非常快樂。不過，這種比手勢講話的方式是非常不便的，所以我們改用間接的方式來轉述第三者所說的話。A 對 C 這樣說：

　　▶ He says that he is very happy. (他說他很快樂。)　　　　(7-2)

這種說法就不會被 C 誤解了。

　　若是 B 在昨天說這句話，A 向 C 說時就要用過去式 said。

　　▶ He said, "I am very happy." (直接說法)　　　　　　　　(7-3)

若把這直接說法改為間接說法，則可寫為：

　　▶ He said that he was very happy.　　　　　　　　　　　(7-4)

請注意 (7-4) 句中 is 已改為 was，因為是過去說的話，所以用 he was very happy，而不能說 he is very happy。若寫成：

　　▶ He said that he is very happy. (×)　　　　　　　　　　(7-5)

這表示「他過去說他現在很快樂。」時態就錯亂了！

　　從這裡出發，我們可以寫出以下的句子：

　　{ 直接說法：He said, "I have much money."　　　　　　　(7-6)

　　{ 間接說法：He said that he had much money.　　　　　　(7-7)

直接說法：She said, "I can swim very well." (7–8)

間接說法：She said that she could swim very well. (7–9)

直接說法：He said to me, "Don't touch the oven!" (7–10)

（他對我說：「別碰爐子。」）

間接說法：He told me not to touch the oven. (7–11)

（他叫我別碰爐子。）

我們在這裡要特別強調的是 will (將) 這個字。

直接說法：He says, "I will go to Taipei." (7–12)

（他說：「我將去台北。」）

間接說法：He says that he will go to Taipei. (7–13)

（他說他將去台北。）

直接說法：He said yesterday, "I will go to Taipei." (7–14)

間接說法：He said yesterday that he would go to Taipei. (7–15)

will (將) 是助動詞，只有兩變：will would。 (7–16)

will 的過去式是 would，乍聽之下很奇怪，怎麼可能有過去的未來式？但是英文就是如此，也只得接受。would 這個字以後還會扮演很重要的角色。

直接說法：She said, "He will marry me." (7–17)

（她說：「他將要跟我結婚。」）

間接說法：She said that he would marry her. (7–18)

（她說他將跟她結婚。）

「過去的過去要用過去完成式。」這是一個口訣，請看以下例句：

直接說法：He said, "I had much money." (7–19)

間接說法：He said that he had had much money. (7–20)

He will marry me.

{
He has much money. (他有很多錢。) (現在式)

He had much money. (過去式)

He has had much money. (他已經有很多錢。) (現在完成式)

He had had much money. (他曾有過很多錢。) (過去完成式)
}

　　請看下圖，t 表時間軸，0 表現在，−1 表過去。−2 表更早的過去，是 −1 的過去，所以說是「過去的過去」，「他說」是 "He said"，「他曾有過很多錢」是 "He had had much money."。

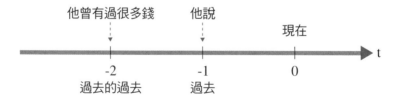

　　我們曾經提過英文的八大詞類：名詞、代名詞、動詞、形容詞、副詞、介系詞、連接詞和感歎詞。這八大詞類怎麼記憶？我們可以用邏輯推理的方式來處理這個問題。

8-1 八大詞類

　　首先我們看天地間萬物，各有其名，所以第一個詞就是名詞 (noun)。有了名詞必有代名詞 (pronoun)。既然有萬物，必定有變化，變化就是動詞 (verb)。描繪萬物，要用形容詞 (adjective)。修飾動詞，要用副詞 (adverb)；修飾形容詞也要用副詞；而副詞有時也須加以形容，那就要用其它的副詞。至此，已經有五個詞類了。人、時、地、物、事之間必有一些關聯，須用到介系詞 (preposition)，而其間又有若干關係的結合，所以須用到連接詞 (conjunction)，已經有七個詞類了。最後是什麼？因為天地間人物山水蟲魚鳥獸太可愛了，而又變化萬千，令人驚嘆造物主之偉大，所以第八個詞類是感嘆詞 (interjection)。

　　我們把這八大詞類一字排開：

副詞　名詞　形容詞　代名詞　動詞　介系詞　連接詞　感歎詞
　　　　　　　　　　　　　　　　　　　　　　　　　　　　　　　　　(8-1)
(一式) (二形) (三級)　(四格)　(五變)　　　(永遠不變)

這八大詞類中，後面三者，即介系詞、連接詞和感歎詞是永遠不變的，但前面五個詞類 (名詞、代名詞、動詞、形容詞和副詞) 是會改變的。我們分析的結果可用歌訣來記，就是：

　　　一式　二形　三級　四格　五變　　　　　　　　　　　　　　(8-2)

就是副詞只有一種樣式 (把形容詞加 ly，但也有例外)，名詞有兩種形態 (單數和複數)，形容詞有三級 (原級、比較級和最高級)，四格 (代名詞有主格、受格、所有格和與格)，五變 (即動詞有五種變化)。我們說過英文的與格和受格是同一種形式。

在這一訣裡，我們先從介系詞談起。介系詞在任何情況下，都不變。像 at、by、for、in、to、with、above、under、through、from、before、after、into、than... 都是介系詞，它們的形式永遠不變。現在用介系詞寫一篇短文：

A flower is in a vase. (一朵花在花瓶裡。)   (8–3)

The vase is on a table. (這花瓶在桌子上。)   (8–4)

The table is under a lamp. (這桌子在燈下。)   (8–5)

The lamp is in a house. (這燈在屋裡。)   (8–6)

The house is between a pine tree and a cherry tree.   (8–7)
(這屋子在松樹和櫻桃樹之間。)

The trees are by a road. (這些樹在路旁。)   (8–8)

The road is along a river. (這條路沿著河。)   (8–9)

The river is near a city. (這河接近城市。)   (8–10)

The mountain is in a park. (這山在公園裡。)   (8–11)

The park is in a country. (這公園在國家裡。)   (8–12)

The country is on the earth. (這國家在地球上。)   (8–13)

The earth moves round the sun. (地球繞日轉動。)   (8–14)

我們再看連接詞：把同類的人、時、地、物、事「拉」在一起，叫連接詞。例如 and, or, but, so...that..., either...or..., neither...nor..., not only...but also..., because 等都是連接詞，它們也是不會改變的。

▶ You and I are good friends. (你和我是好朋友。)　　　(8–15)

▶ He or you are wrong. (他或你是錯的。)　　　(8–16)

▶ He is poor but honest. (他窮但誠實。)　　　(8–17)

▶ She is so pretty that we all love her.　　　(8–18)

　(她長得好漂亮，我們都愛她。)

這些都是很普通的例子，我們希望大家能背一些包含有連接詞在內的短文 (其中很明顯可以看出有連接詞 either...or...)：

　　　　　Why Worry? (為什麼要憂慮？)　　　(8–19)

There are only two things to worry about. (只有兩件事堪憂。)

Either you are well or you are sick. (你不是健康就是生病。)

If you are well, there is nothing to worry about.

　(你若健康，則無事堪憂。)

But if you are sick, there are only two things to worry about.

(你若生病，只有兩件事堪憂。)

Either you get well or you die. (你不是病好就是病死。)

If you get well, there is nothing to worry about.

(你若病好，則無事堪憂。)

If you die, there are only two things to worry about.

(你若死了，只有兩件事堪憂。)

Either you go to heaven or hell.

(你不是上天堂就是下地獄。)

If you go to heaven, there is nothing to worry about.

(你若上天堂，則無事堪憂。)

If you go to hell, you will be so busy shaking hands with friends.

You won't have time to worry about.

(你若下地獄，你會忙著跟那裡的朋友握手，不會有時間憂慮。)

另外有一首詩 "The wind" 中，有連接詞 neither...nor...，請看：

Who has seen the wind? (誰見過風？)　　　　(8-20)

Neither you nor I. (既不是你也不是我。)

But when the trees bow down their heads, (但當樹梢低頭，)

the wind is passing by. (風正從旁吹過。)

Who has seen the wind? (誰見過風？)

Neither I nor you. (既不是我也不是你。)

But when the leaves fall from the trees, (但當樹葉從樹上落下，)

(或 *But when the leaves hang trembling,*) (但當樹葉掛著抖動時，)

the wind is passing through. (風正從中穿過。)

我們再看感歎詞，這是最簡單的詞類，只有 Ah! (啊！) Oh! (哦！) Alas! (哎呀！) Ow! (唉喲！) Wow! (哇！)……，這些感歎詞可以一筆帶過，不需太過著墨。

8-2 一式──副詞

現在的問題回到原來的一式二形三級四格五變。

▶ They love each other so much that they live <u>happily</u> ever after.

(他們如此相愛，從此過著幸福美滿的日子。)　　　　(8-21)

(8-21) 中 happily 是將 happy 的 y 改為 i 再加 "ly" 而成為副詞 happily，這裡的 happily 用以形容動詞 "live"(生活)。所以副詞可用以修飾動詞。

我們認為「某人是對的」，會這麼說：

▶ "You are right." (你是對的。) (8–22)

right (對的) 是形容詞，若要加強語氣，加強「對的」份量，我們可以這麼說：

▶ You are <u>absolutely</u> right. (你是絕對地正確。) (8–23)

Absolutely 是 absolute(絕對的) 的副詞，所以副詞可用來修飾形容詞。同樣可寫出：

▶ He is <u>completely</u> wrong. (他完全地錯了。) (8–24)

不但是錯，而且是錯的很完全，即全都錯，無一是處。completely 是complete (完全的) 的副詞，可用以修飾形容詞 wrong。只要將形容詞加 ly，就成了副詞，所以我們說「一式」。當然副詞還可以修飾其它的副詞，例如：

▶ He runs fast. (他跑得快。) (8–25)

▶ He runs <u>very</u> fast. (他跑得非常地快。) (8–26)

(8–26) 句中的 very 是副詞，用來修飾副詞 fast (快)。請留意，fast 是形容詞，也同時是副詞，請不要以為形容詞都可加上 ly，fast 加上 ly成了 fastly (×)，就是錯的。

$\left\{ \begin{array}{l} \text{He is a fast runner. (他是很快的賽跑健將。)} \qquad \text{(8–27)} \\ \text{He runs fast. (他跑得快。)} \qquad\qquad\qquad\quad \text{(8–28)} \end{array} \right.$

切不可寫成：He runs fastly. (×)

另外一個字要特別注意，常常被學生誤用，那就是 hard 和 hardly。

▶ He is a hard worker. (他是位努力的工作者。) (8-29)

▶ He works hard. (他工作努力。) (8-30)

hard 是形容詞，也是副詞。hard 加了 ly，變成 hardly，此字的意思是「幾乎不」，絕不可看成是 hard 的副詞形式。例如：

▶ He hardly works. (他幾乎不工作。) (8-31)

8-3 二形──名詞

⎧ How many children do you have? (你有幾個孩子？) (8-32)
⎩ I have only one child. (我只有一個孩子。) (8-33)

⎧ There were many mice in the house. (屋裡有很多隻老鼠。)(8-34)
⎩ Now there is only one mouse. (現在只有一隻老鼠。) (8-35)

單數名詞後面加 s 或 es 就變成複數，這是很普通的文法規則，例如：hen → hens；pen → pens；pan → pans；box → boxes；

watch → watches；dish → dishes；bus → buses (8-36)

但有很多例外，如 (8-32)～(8-35) 中的

child → children；mouse → mice；louse → lice (蝨子) (8-37)

sheep → sheep；fish → fish (8-38)

person (人)→ people (人們) (8-39)

若把 people(人們) 加了 s 而成 peoples，意思就不同了：

▶ peoples (民族、種族) (8-40)

▶ There are five peoples in this country. (8-41)

　　(這個國家裡有五個民族。)

名詞的二形 (單數形和複數形) 是很容易了解的，只要多記就行了。

8-4 三級──形容詞

形容詞的三級是原級、比較級和最高級。我們從不規則的形容詞
三級說起：good (好) better (較好) best (最好)　　　　　　(8-42)
我們用三句話來記 good、better 和 best 的用法：

Swimming is good for your health. (游泳有益健康。)　　　(8-43)

Health is better than wealth. (健康勝過財富。)　　　　　(8-44)

East or west, home is best. (東或西，家最好。)　　　　　(8-45)

(即金窩銀窩不如自家的狗窩。)

從 good、better、best 可看出比較級要加 er，最高級要加 est。例如：

▶ long　　　longer　　　longest　　(長)　　　　　(8-46)

▶ short　　　shorter　　　shortest　　(短)　　　　　(8-47)

▶ big　　　bigger　　　biggest　　(大)　　　　　(8-48)

▶ pretty　　　prettier　　　prettiest　　(美)　　　　　(8-49)

若音節多 (例如三個或三個以上的音節) 可用 more、most，例如：

▶ beautiful (美) more beautiful (較美) most beautiful (最美)(8-50)

▶ There are three girls, Ellen, Betty and Carol, in our class. (8-51)

(有三位女孩 Ellen、Betty 和 Carol，在我們班上。)

▶ Ellen is beautiful. (Ellen 很美。)　　　　　　　　　(8-52)

▶ Betty is more beautiful than Ellen. (Betty 比 Ellen 美。) (8-53)

▶ Carol is more beautiful than Betty. (Carol 比 Betty 美。) (8-54)

▶ Carol is the most beautiful girl in our class.　　　　　(8-55)

(Carol 是我們班上最美的女孩子。)

因為音節多，比較級後面若再加 er 變成 "beautifuler"，最高級多加

est，變成 "beautifulest"，念起來會怪怪的，不好聽，所以在前面分別加 more、most。原來這 more、most 是 many 或 much 的比較級和最高級，即：

$$\begin{cases} \text{many} & \text{more} & \text{most} & \quad\quad (8\text{--}56) \\ \text{much} & \text{more} & \text{most} & \quad\quad (8\text{--}57) \\ (多) & (較多) & (最多) \end{cases}$$

最高級前面還要加一個 "the"，the 在文法上叫「定冠詞」，因為最高級的東西只有一個，所以前面要補上一個 "the" 字。但 (8–45) 中的 best 前面為什麼不加一個 "the" 呢？這是因為那是一句諺語，為求字數一致，"East or west" 共三個字 "home is best" 也是三個字，若按文法規則，best 前面要加 the，變成 "home is the best" 共四個字，前後不一樣的字數，念起來就不那麼順口。詩詞有時是不太遵守文法的。還有一句不太合邏輯但文法卻無誤的話，就是：

▶ He is one of my best students.   (8–58)

在文法上，這句話一點錯都沒有，但在常理上，卻不太合理，因為既然是「最好」(the best)，當然只有一個，而現在 (8–58) 句中是 "my best students" 之一，豈不是有好多個最好的學生，而他是這些最好的學生中之一，這樣說就矛盾了。除非有以下的情況：例如某位教授有三十個學生，他把他們分成三組，第一組是 good students 共 10 人，第二組是 better students 共 10 人，第三組 the best students 共 10 人，也就是第一組好，第二組較好，第三組最好，而他是第三組中的一位，這樣說就比較合理。否則，(8–58) 句中的寫法就不適宜，最好是用下面的寫法：

▶ Of all my students, he is my best student.   (8–59)

(在我所有的學生中，他是我最好的學生。)

或用另一種寫法：

▶ Of all my students, he is the best one. 〔註〕　　　　　(8-60)

(在我所有的學生中，他是最好的一位。)

有幾個特別的字，我們要格外留意，剛剛講到 "many、much" (多)，現在我們討論 "few、little" (少)，其三級為：

$$
\begin{cases}
\text{few} & \text{less} & \text{least} & (8\text{-}61) \\
\text{little} & \text{less} & \text{least} & (8\text{-}62) \\
(少) & (較少) & (最少)
\end{cases}
$$

many 是可數的「多」，much 是不可數的「多」，例如：

$$
\begin{cases}
\text{He has many cans of beer. (他有很多罐啤酒。)} & (8\text{-}63) \\
\text{He drinks much beer. (他喝很多啤酒。)}
\end{cases}
$$

few 是可數的「少」，little 是不可數的「少」，例如：

$$
\begin{cases}
\text{He has few bottles of milk. (他有少許幾瓶牛奶。)} & (8\text{-}64) \\
\text{He drinks little milk. (他喝少許的牛奶。)}
\end{cases}
$$

這些字都要徹底弄清楚，最好的方法是多記多讀。我們再看一個字，important (重要的)，共有三個音節，所以三級是：

▶ important　more important　most important　　　(8-65)

　(重要的)　　(較重要的)　　　(最重要的)

舉例說明：

〔註〕Of all... 的句型出自一句有名的繞口令 (tongue twister)：

　　Of all the saws I ever saw, I never saw a saw saw like this saw saws.

　　(在我所看過的鋸子中，我從未見過一把鋸子鋸東西像這把鋸子鋸東西過。)

　　你能很快地唸這句繞口令而舌頭不打結嗎？

$\begin{cases} \text{Reading is \underline{important}. (閱讀重要。)} & (8\text{--}66) \\ \text{Speaking is \underline{more important} than reading. (說比閱讀重要。)} \\ \text{Writing is the \underline{most important} of all. (寫是一切中最重要的。)} \end{cases}$

回頭再看 (8–61) 中 less 和 least 怎麼用。我們用 difficult(困難的) 做例子，看「比較不難」，「最不難」怎麼寫：

$\begin{cases} \text{Chinese is not difficult. (中文不難。)} & (8\text{--}67) \\ \text{English is less difficult than Chinese. (英文比中文不難。)} \\ \text{Mathematics is the least difficult of all courses.} \\ \text{(數學是所有課程中最不難的。)} \end{cases}$

所以碰到音節超過三個 (含三個) 的字時， 我們就把 more 、 most 或 less 、least 請出來，就成了比較級和最高級。音節少於兩個 (含兩個) 的字只要加 er，est 就可以了。請再看以下的例子：

中 譯	原 級	比 較 級	最 高 級
快樂	happy	happier	happiest
漂亮	pretty	prettier	prettiest
悲傷的	sad	sadder	saddest
醜的	ugly	uglier	ugliest
甜的	sweet	sweeter	sweetest
遲的	late	later	latest

(8–68)

其中細節，自可體會，不需在此贅述。讀書要抓住大原則、大方向，先把整體大的架構建好，其餘枝枝節節的細部之工程可逐一添加上去，最後就成了一棟完整的大廈。 一般不會念書的人只是死記一些零零碎碎的生字，片語、文法，就像收集了一大堆沙、石、磚頭、水泥、鋼筋一樣，雖然堆積如山，卻蓋不出一棟房子來，這個道理是顯而易見的。讀英文未嘗不是如此，在我們將基本的文法規則說明清楚之後，馬上為你介紹一些文章，從文章中去分析文法、了解句意，英文的程度很快就能提升到相當高的水平。

8-5 四格──代名詞

平時大家只談主格、受格和所有格，事實上，還有一格，那就是與格 (dative)，嚴格說來，代名詞共有主格、受格、所有格、與格四格。

下列的句子中有主格、受格和所有格：

I teach you in my house. (我在我的屋裡教你。)　　　　(8-69)

You teach him in your house. (你在你的屋裡教他。)　　(8-70)

He teaches her in his house. (他在他的屋裡教她。)　　(8-71)

She teaches me in her house. (她在她的屋裡教我。)　　(8-72)

其中 I、You、He、She 是主格，在句子中是主詞。you、him、her 還有 me 都是受格；my、your、his 和 her 是所有格。這些都容易理解，較困擾我們的是與格，幸好英文的與格和受格完全是同一形式〔註〕，所以英文很容易學。到底與格出現在什麼地方？請看以下例句：

I give you my book. (我把我的書給你。)　　　　　　(8-73)

You give him your book. (你把你的書給他。)　　　　(8-74)

He gives her his book. (他把他的書給她。)　　　　　(8-75)

She gives me her book. (她把她的書給我。)　　　　　(8-76)

(8-73)～(8-76) 句中給 (give) 的後面 you、him、her、me 在文法上叫與格，就是「給與」的「與」，(8-75) 句 "You give him your book." 中 give(給與) 後面接的字就是與格，但仔細比對，(8-73)～(8-76) 句子

〔註〕德文有四格：主格、受格、與格和所有格。例如以第一人稱「我」為例：主格 I (Ich)，受格 me (mich)，與格 me (mir) 和所有格 my (mein)。

跟 (8–69)～(8–72) 句中的 you、him、her、me 都是同一形式。在英文裡，「物」屬於直接受詞，而「人」則屬於間接受詞。因為我拿東西給別人，一定是拿起這個東西然後才把這東西送給別人，所以東西是直接受詞，而人是間接受詞。這當然是牽強的說法，不過也不失為一種幫助記憶的方法。

8–6 五變──動詞

英文的動詞共有五種變化型態，現在式 (present tense) 用於真理、事實、習慣、公理的事情，例如：

▶ The sun rises in the east. (太陽在東方升起。)　　　　(8–77)

這是真理，從未見過太陽打從西方上升。

▶ He is a liar. (他是騙子。)　　　　　　　　　　　　　(8–78)

表示「他是騙子」乃事實。

▶ She gets up at five o'clock every morning.　　　　　(8–79)

　(她每天早上五點起床。)

表示習慣，說明她每天早起。

▶ Three plus four is seven. (三加四是七。)　　　　　　(8–80)

此乃公理，無須說明，人人皆知三加四等於七。

若是表達某一動作持續到現在仍在進行，可用進行式 (progressive tense)，例如：

▶ I am writing a letter. (我正在寫一封信。)　　　　　(8–81)

表示寫信的動作在現在以前就開始了，現在仍然在寫，所以用現在進行式，可以做進行式的動作很多，例如：eat (吃)、drink (喝)、play (玩)、sleep (睡)、do (做) 等等。

不過有些動詞是不宜拿來作進行式的，例如：

　▶ I see a bee. (我看到一隻蜜蜂。)　　　　　　　　　(8–82)

但若說：I am seeing a bee. (我正在看到一隻蜜蜂。) (!)　　(8–83)

就不宜了，因為看到就是看見了，若說「我正在看到……」就覺得很怪。我們可以說：

　▶ I am looking at a bee. (我正在注視著一隻蜜蜂。)　　(8–84)

　▶ You find a hive. (你發現一蜂窩。)　　　　　　　　(8–85)

但若說：You are finding a hive. (你正在發現一個蜂窩。) (!) (8–86)

就不恰當了！因為一旦發現，這一舉動就告一段落，不可能繼續發現下去。但我們可以說：

　▶ I am looking for a hive. (我正尋找一個蜂窩。)　　(8–87)

　▶ He breaks a plate. (他打破一個盤子。)　　　　　(8–88)

但若說：He is breaking a plate. (!)(他正在打破一個盤子。)　(8–89)

聽起來也很奇怪。因為「打破」是一種狀態，「打破了一個盤子。」聽起來順耳。但若說「他正在打破一個盤子。」表示他正在做打破的動作，我們可以說：

　▶ He is knocking at the plate. (他正在敲打一個盤子。)　(8–90)

「敲打」的動作可以持續，所以可以用進行式，但盤子被打破就是 "broken" 了，不可能說一直在打破盤子。

　▶ She lends me a hen. (她借給我一隻母雞。)　　　　(8–91)

一旦借給我一隻母雞，就表示借了，不可能說她正在借一隻母雞給我，所以：

　▶ She is lending me a hen. (!) (她正借我一隻母雞。)　(8–92)

這種說法也很怪。若說：

▶ She is giving me a hen. (！) (她正給我一隻母雞。)　　　(8–93)

這種說法也是怪怪的。可以說：

▶ She is feeding a hen for me. (她正在替我餵一隻母雞。)　(8–94)

　　所以在英文裡，有些動詞是不能寫成進行式的，寫成進行式就是不對勁，到底哪些字不能寫成進行式，自己可以用邏輯去判斷。就拿 "have"(有) 這個字來說吧，可以說：

▶ I have much money. (我有很多錢。)　　　　　　　　　(8–95)

這是現在式，表示現在的事實，我目前有很多錢。

▶ I had much money. (我曾經有很多錢。)　　　　　　　(8–96)

這是過去式，表示我曾經有過很多錢，但是現在已經不再是有很多錢的人了。

▶ I will have much money. (我將會有很多錢。)　　　　　(8–97)

表示未來式，我以後將會有很多錢，現在還沒有很多錢。

▶ I have had much money. (我已經有很多錢。)　　　　　(8–98)

這是現在完成式，表示「已經有很多錢。」已經成了事實。但若用現在進行式：

▶ I am having much money. (！) (我正在有很多錢。)　　(8–99)

這樣的說法也很怪，因為有錢是一種狀態，「有」就是「有」，不宜說「正在有」，所以有些動詞用現在式、過去式、未來式、完成式都通，唯獨現在進行式不宜使用。

8–7 為什麼動詞要有五變？

　　為什麼要有五變？這真是耐人尋味的問題，剛剛說過在什麼情況下用現在式。在現在式中，當主詞是第三人稱單數時，動詞要加 s (或

es)，這個文法規則似乎是不必要的，為什麼 I come.，You come. 都是使用原形動詞，主詞變他、她、它 (牠) 就要加 s，即：

▶ He comes./ She comes./ It comes.　　　　　　　　　(8–100)

I go.、You go. 不必要加 es，而第三人稱單數就得加 es，即：

▶ He goes./ She goes./ It goes.　　　　　　　　　　(8–101)

為何要訂這一條規定？我想可能是因為在英文裡 I (我) 在任何地方都要大寫，表示對自我的尊重，所以 I 是第一人稱。而 you (你) 是第二人稱，除你和我之外，其餘都歸為第三人稱。雖然叫做第三「人」稱，但也包括動物、東西等等，所以 dog (狗)、cat (貓)、chicken (雞)、duck (鴨)、sun (太陽)、moon (月亮)、star (星星)、father (父親)、mother (母親)、grandfather (祖父)、grandmother (祖母)……都屬第三人稱，動詞要加 s (或 es)！英文的現在式對你和我都不設限，動詞用原形，但對第三人稱卻要設限，原形動詞要加 s (或 es)，表示跟第一和第二人稱有別，我想這只是牽強的解釋，其它我真想不出有什麼特別的道理來。所以我們只得牢記這個文法規則，而後勤加練習，變成習慣就好。切記當主詞是第三人稱、單數又是現在式時，句中的動詞要加 s (或 es)。

　　英文的動詞有過去式，是必要的。因為在文中「他吃一個梨子。」看不出是什麼時候吃，但在英文裡：

▶ He eats a pear. (他吃一個梨子。) (現在式)　　　　(8–102)

表示現在吃。如果加時間副詞：

▶ He eats a pear a day. (他一天吃一個梨子。)　　　(8–103)

表示他有「一天吃一個梨子」的習慣，所以用現在式。

▶ He eats an apple every day. (他每天吃一個蘋果。)　(8–104)

表示「天天吃一個蘋果」，也是習慣，所以用現在式。

▶ He ate a pear. (他曾吃了一個梨子。) (8–105)

表示他過去 (不確定多久前，剛剛或一天前、三天前、十年前，……) 吃了一個梨子。英文用 ate (eat 的過去式) 馬上就知道是過去吃的，不是現在吃。所以英文有過去式的動詞形態是很科學的。但是為什麼要有過去分詞？請看以下說明。

8–8 為何要有過去分詞？

我們常說要學好英文，一定要熟記不規則動詞三態變化，就是：

原形 (現在式)　過去式　過去分詞

例如：　　eat　　　ate　　eaten
　　　　　do　　　did　　done

再拿 eat (吃) 為例，例如：「我已經吃了一個梨子。」

▶ I have eaten a pear. (8–106)

(1) 完成式要用到過去分詞

完成式要用到過去分詞，完成式的規則是：

to have + 過去分詞 → 完成式

另外，被動式也須用到過去分詞，規則是：

to be + 過去分詞 → 被動式

這些以前都為大家介紹過了。

(2) 過去分詞可當形容詞用

還有一個重要的用法是過去分詞也可當形容詞用，例如：

▶ break　broke　broken (打破) 　　　　　　　　　　　(8–107)

▶ He breaks a plate. (他打破一個盤子。) 　　　　　　　(8–108)

「他有一顆破碎的心。」意思是「他有一顆被打破的心。」心碎了，不是自己打破的，而是由於外在的因素使心破碎，所以是被動。被動就要用過去分詞，於是過去分詞自然就派上用場了，例如：

▶ He has a broken heart. (他有一顆破碎的心。) 　　　　(8–109)

有歌訣：「**過去分詞當形容詞用有被動的意味。**」

再看 lose (lose　lost　lost)。

▶ He is looking for his lost sheep. 　　　　　　　　　(8–110)

　(他正在尋找他丟掉的羊。)

lost 是 lose 的過去分詞，當形容詞用，形容 sheep。尋找什麼羊呢？是丟掉的羊。羊丟掉了，不是牠把牠自己丟掉，而是被弄丟了，所以要用 lose 的過去分詞 lost。切不可用現在分詞 losing sheep (×)！

▶ The sheep is lost. (這頭羊走失了。) 　　　　　　　　(8–111)

按照文法規則 to be + 過去分詞 → 被動式，(8–111) 句可譯成「這頭羊被丟了」，但這句 lost 所在的位置是形容詞，所以 (8–111) 句可譯成「這頭羊是丟掉了的。」這樣按文法規則翻譯，聽起來很怪，我們通常會說「這頭羊丟了。」我們很容易看出中翻英或英翻中都不能逐字照翻，需要「意」譯，這就要懂文法規則了，因此要以文法為體 (原則)，翻譯為用 (應用)，文法規則要活用，務必達到反射 (reflection) 的地步！

(3) 過去分詞可帶動形容詞片語

除此之外，過去分詞可帶動形容詞片語。什麼叫片語 (phrase)？兩個或兩個以上的字組合在一起卻沒有完整意義的一群字叫做片語，例如「被他打破的」(broken by him) 是一組字，但卻沒有完整的意義，所以是片語。由於這片語是由 broken (break 的過去分詞) 帶動，因此稱為過去分詞片語。過去分詞片語可做形容詞之用，例如：

▶ The plate broken by him is very expensive.　　　　(8–112)

（被他打破的盤子很昂貴。）

(8–112) 句本來由兩句構成：

> The plate was broken by him.　　　　　　　　(8–113)
>
> （這盤子被他打破。）(表示過去被動)
>
> The plate is very expensive. （這盤子很昂貴。）　　(8–114)

將 (8–113) 中的過去分詞片語 "broken by him" 插入 (8–114) 句中的 plate 之後，就成了 (8–112) 句，英文的過去分詞片語放在被形容那個字的後面，不像中文要放在被形容的那個字前面，即：

▶ The plate broken by him is very expensive.

（被他打破的 盤子很昂貴。）

中、英文不同處在此，讀者要多多體會。這種先後的順序弄清之後，英文是很好學的語文。「物有本末，事有終始，知所先後，則近道矣。」原來這些古聖先賢的至理名言是可以放諸四海而皆準的。請再看以下的句子：

> The bridge was built about twenty years ago.　　　(8–115)
>
> （這座橋約在二十年前建造。）(過去被動式)
>
> The bridge was broken yesterday.　　　　　　　(8–116)
>
> （這座橋昨天毀損了。）(過去被動式)

He has broken a plate. The plate was broken by him.

▸ The bridge broken yesterday was built about twenty years ago.

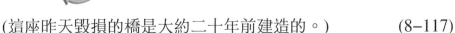

(這座昨天毀損的橋是大約二十年前建造的。) (8–117)

或者可說：

▸ The bridge built about twenty years ago was broken yesterday.

(大約二十年前建的這座橋昨天毀損了。) (8–118)

熟悉動詞三態變化，對學英文是非常重要的。

8–9 為何要有現在分詞？

現在分詞是由原形動詞加 ing 而成。當然有一些特有的法則。

(1) 進行式要用現在分詞

進行式須用到現在分詞，將該公式再複習一次：

$$\text{to be} + 現在分詞 \rightarrow 進行式$$

例如：

▶ The leaves are falling from the trees.　　　　　　　(8–119)

(樹葉正從樹上落下。)

(2) 現在分詞可帶動形容詞片語

另舉一例：

▶ The leaves are yellow. (樹葉是黃的。)　　　　　　　(8–120)

(8–119)、(8–120) 兩句可合成一句，仿上面過去分詞片語的形式就可寫出正確的句子來：

▶ The leaves falling from the trees are yellow.　　　　(8–121)

(從樹上落下的樹葉是黃色的。)

(8–121) 句中 "falling from the trees" 是形容詞片語，由於是用現在分詞 falling 帶動，所以稱為現在分詞形容詞片語。再看一例：

The water is flowing in the pipe. (水在管中流動。)　　(8–122)

The water is very clean. (這水很乾淨。)　　　　　　(8–123)

The water flowing in the pipe is very clean.　　　　　(8–124)

(在管中流動的水很乾淨。)

$\left\{\begin{array}{l}\text{The engineer is working in the factory.} \qquad (8-125)\\ (\text{這工程師在工廠工作。})\\ \text{The engineer graduated from Cheng Kung University.} \qquad (8-126)\\ (\text{這工程師從成功大學畢業。})\end{array}\right.$

The engineer working in the factory graduated from Cheng Kung

University. (在工廠工作的這工程師從成功大學畢業。) (8-127)

(3) 現在分詞可當形容詞用

現在分詞跟過去分詞可呈現對偶 (duality) 的特性：

$\left\{\begin{array}{l}\text{「過去分詞當形容詞用有被動的意味。」}\\ \text{「現在分詞當形容詞用有主動的意味。」}\end{array}\right.$

我最喜歡念的幾句押韻的中文是：

$\left\{\begin{array}{l}\text{魚游。馬跑。鳥飛。}\\ \text{日照。水流。風吹。}\end{array}\right.$

寫成現在式：

$\left\{\begin{array}{l}\text{The fish swims. The horse runs. The bird flies.}\\ \text{The sun shines. The water flows. The wind blows.}\end{array}\right.$

寫成進行式是：

$\left\{\begin{array}{l}\text{魚在游。馬在跑。鳥在飛。}\\ \text{日在照。水在流。風在吹。}\end{array}\right.$

$\left\{\begin{array}{l}\text{The fish is swimming. The horse is running. The bird is flying.}\\ \text{The sun is shining. The water is flowing. The wind is blowing.}\end{array}\right.$

我們若將現在分詞當形容詞用，可以寫出以下的片語：

> 正在游的魚。正在跑的馬。正在飛的鳥。
> 正在照耀的太陽。正在流的水。正在吹的風。

其中有兩句較怪，一是「正在照耀的太陽」，另一是「正在吹的風」，在文法上，這種說法一點都沒有錯，但請仔細想想：太陽難道有不照耀的時候嗎？風難道有不吹的時候嗎？水可以不流，是止水，但風既然稱之為風，就不可能不吹，有聽過靜止的風嗎？所以我們可以說

▶ The swimming fish, the running horse, the flying bird, the flowing water...　　　　　　　　　　　　　　　　　　　　(8–128)

但若說：the shining sun, the blowing wind（！）

就覺得很奇怪。若仿 (8–128) 中四個片語配成句子，就非常漂亮了：

▶ I like to see the blooming flowers in spring.　　　　(8–129)
（我喜歡看到春天盛開的花朵。）

▶ I like to watch the swimming fish in summer.　　　　(8–130)
（我喜歡觀看夏天悠游的魚兒。）

▶ I like to behold the falling leaves in autumn.　　　　(8–131)
（我喜歡觀賞秋天飄落的樹葉。）

▶ I like to look at the flying eagle in winter.　　　　(8–132)
（我喜歡凝視冬天飛翔的老鷹。）

(8–129)～(8–131) 中的 "see" 是一般的「看」，"watch" 帶有觀看的意味，"behold" 有一種欣賞或觀賞的意味。陶淵明的詩中「採菊東籬下，悠然見南山。」中的「見」應是 "behold" 才好。"look at" 是注視、凝視，上面幾句話裡再加上時間副詞 in spring、in summer、in autumn，in winter，就呈現出意境很美的句子來。

當然 (8–129)～(8–131) 四句中的時間副詞可放在句首，又別有一番風味：

In spring, I like to see the blooming flowers. (8–133)

(在春天，我喜歡看盛開的花朵。)

In summer, I like to watch the swimming fish. (8–134)

(在夏天，我喜歡觀看悠游的魚兒。)

In autumn, I like to behold the falling leaves. (8–135)

(在秋天，我喜歡觀賞飄落的樹葉。)

In winter, I like to look at the flying eagle. (8–136)

(在冬天，我喜歡凝視飛翔的老鷹。)

無論如何寫，主要的片語是 blooming flowers、swimming fish、falling leaves、flying eagle，而其重點是現在分詞可當做形容詞用。

8–10 動詞若不加 s (或 es) 該多好！

英文文法百分之九十九都很可愛，只有百分之一例外。筆者個人認為那是畫蛇添足，徒增我們學習的困擾，若能修法廢掉，那該多好！那就是一般所說的那條惱人的文法規則「第三人稱，單數，又是現在式動詞要加 s (或 es)！」

筆者學的是電機工程，英文只是我探討電機知識的工具，而課餘教英文是我的嗜好。五十年來，我用電機工程觀念來研討英文句子的架構、文法的哲理，發現英文很美，又非常「簡約」。在電機課程中有一門課叫電磁學 (electromagnetics)，是電機系的主修課程，用到很多數學，很難學 (對一般讀不通的學生而言)，但若通曉其中的道理，卻是非常容易，所以「難或易」只是相對的說詞。電磁學中的電與磁呈

對偶性 (duality)，電與磁之間的相互作用，如同陰陽一樣，一般我們說「孤陰不生，獨陽不長。」電與磁是相伴而生的。很妙的是在英文文法中也有類似的對偶性，動詞中的現在分詞和過去分詞就呈現類似的對偶性。一般的法則是「將規則的原形動詞加 ed 就成了過去式和過去分詞，而將原形動詞加 ing 就成了現在分詞」，這是大家都知道的簡單規則。我們將這對偶再陳述一遍：

- 現在分詞當形容詞用有主動的意味。
- 過去分詞當形容詞用有被動的意味。

主動和被動就呈現對偶性。請看以下句子：

- This job is boring. (這工作很乏味。)
- I get bored of this job. (我對這工作覺得無聊。)

- This book is interesting. (這本書有趣。)
- I am interested in this book. (我對這本書感興趣。)

- It is exciting here. (這裡很刺激。)
- I am very excited. (我很興奮。)

- They have some surprising news for me.
- (他們有驚人的消息給我。)
- I am surprised at this news. (我對此消息感到非常驚訝。)

現在分詞含主動的意味，而過去分詞含被動的意味。請看進行式：

to be + 現在分詞 → 進行式　例如：

▶ He is beating her. (他正在打她。)
▶ She is biting him. (她正在咬他。)

現在看被動式：　to be + 過去分詞 → 被動式　例如：

▶ She is beaten. (她被打。)

▶ He is bitten. (他被咬。)

剛剛提過現在分詞和過去分詞呈對偶性。有現在分詞和過去分詞就有現在式和過去式。若用時間軸 (time axis) 表示時間 (time)，如圖 8-1 所示。

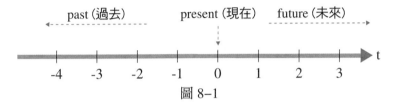

圖 8-1

時間不斷地流逝，像江水東流，一去不復返。什麼是 "present" (現在)，實在難以捉摸，因為當你說「現在」這兩個字的時候，現在的這一瞬間已然成了過去，就像你看到這句話的時候，這一刻的時間已成空。所以「現在」的時刻是抓不到的！因為時間永遠不停地在消逝。我們在時間軸上畫一點 0，姑且叫它為現在 (present)，向右表未來 (future)，向左表示已經消逝的時間，是過去 (past)。若一格代表一天，則 1 表示明天 (tomorrow)，2 表示後天 (the day after tomorrow)，3 表示三天後 (three days later)；向左是 −1，表示昨天 (yesterday)，−2 表示前天 (the day before yesterday)，−3 表三天前 (three days ago)。所以對時間而言，現在與過去呈現對偶性，因未來的時間尚未到來，所以談未來的事，都要用 "will" (將)，而 will 後面的動詞要用<u>原形</u>。

例如 He will go.　不能說 He will goes. (×)

　　She will come.　不能說 She will comes. (×)

　　從這些句型看來，現在式和過去式呈對偶性；現在分詞和過去分詞呈對偶性。若將第三人稱單數，現在式動詞加 s(或 es) 除去不談，那動詞的五變就成為了四變，這跟電磁學有四條馬克斯威爾 (Maxwell) 方程式有異曲同工之妙！多美啊！我們將一些常用的不規則動詞四變化列表如附錄三，供作參考。

8–11 不完全及物動詞

英文的動詞可分為「及物動詞」(transitive verb，簡稱 v.t.) 和「不及物動詞」(intransitive verb, 簡稱 v.i.)。而及物動詞又分為「完全及物動詞」(complete v.t.) 和「不完全及物動詞」(incomplete v.t.)。不完全及物動詞後面的受詞要有補語 (complement)，以下分別說明幾個典型的不完全及物動詞：make，let，leave 和 have。

(1) make

我們先從 "make" 這個字開始說明什麼叫做 「不完全及物動詞」(incomplete transitive verb)。

▶ make　made　made　做，使得　　　　　　　　　　　(8–137)

我們常看到一些日用電器產品上面有 made 的字樣，例如：

made in China (被製造在中國，即中國製)
made in Taiwan (被製造在台灣，即台灣製)
made in the U.S.A (被製造在美國，即美國製)
made in Germany (被製造在德國，即德國製)

這表示該產品是「在哪裡製造」的，嚴格說應該是「在哪裡被製造」的。例如：

$$\begin{cases} \text{It is made in China. (它是中國製的。)} \\ \text{It is made in Taiwan. (它是台灣製的。)} \\ \text{It is made in the U.S.A. (它是美國製的。)} \\ \text{It is made in Germany. (它是德國製的。)} \end{cases}$$

現在我們要探討的是這個 "make" 用於「使得」意思的情形。先看以下句子：

$$\begin{cases} \text{He makes me \underline{angry}. (他使得我生氣。)} & \text{(8-138)} \\ \text{He makes me \underline{cry}. (他使得我哭泣。)} & \text{(8-139)} \\ \text{He makes me \underline{a famous teacher}. (他使得我成為名師。)} & \text{(8-140)} \end{cases}$$

(8-138) 句中「他使得我生氣。」或簡單一點說「他使我生氣。」如果我說「他使我」後面沒有補語說明，他使我怎麼樣？人家會聽不懂，到底使我如何？後面少了「生氣」的這個補語，所以意思不完整。同樣的道理，在 "He makes me cry." (他使我哭泣。) 這個句子中，若少了 "cry" 這個補語，英文就變成：

▶ He makes me (？). 　　　　　　　　　　　　　　　　　(8-141)

他使我怎樣呢？(8-141) 句使人會誤解以為是「他製造我。」豈不是我好像變成了一個被他製造的東西，這樣說就很奇怪，不合邏輯。

　　(8-138) 句中的 me 是 makes 的受詞，而 angry 是受詞 me 的補語，若缺少補語，句子就不完整。"make" 後面受詞的補語可為形容詞 (因 angry 是形容詞)，我們也可以寫：

He makes me happy. (他使我高興。)

(8-139) 句中 makes 後面受詞 me 之後接的是 "cry"，"cry" 是動詞，而且是原形動詞，所以「原形動詞」也可做為 make 後面受詞的補語。

(8-140) 中 famous teacher 是名詞，所以名詞也可以做為 make 後面受詞的補語。我們得到的結論是 make 後面受詞的補語可有形容詞，原形動詞或名詞三種不同的形式〔註〕。

再舉例說明：

She makes her daughter excited.   (8–142)

(她使她的女兒感到興奮。)

She makes her daughter feel like an angel.   (8–143)

(她使她女兒感覺像天使一般。)

She makes her daughter a famous dancer.   (8–144)

(她使她女兒成為一位知名的舞者。)

(8–142) 中的 excited 是 excite 的過去分詞，excite 是「使興奮」的意思，它是規則動詞且字尾是 e，所以過去式和過去分詞只要加 d 就好。過去分詞可以當形容詞用。(8–143) 中的 feel (感覺) 是原形動詞。(8–144) 中的 dancer 是名詞，是由 dance (跳舞) 加 r 而來。

(2) let

"let" 是「讓」的意思，它是「及物動詞」(transitive verb)，所以後面要接受詞 (object)。但卻是「不完全及物動詞」所以受詞後要接補

〔註〕我每教到這裡，都會順道提起小時候家父教我書法的故事。我很小時家父就教我拿毛筆寫字，如果筆拿不正拿不穩，或心不在焉，胡寫亂塗，他會用中指第二節敲我的頭。每次被敲就疼痛難耐，因此 He makes me angry. 又 He makes me cry. 但經過這麼嚴格的訓練之後，我的書法大有進步。後來參加書法比賽，名列前茅，而現在上課時可以用毛筆寫英文。所以 He makes me a famous teacher. 我是用這個故事教學生記住 make 後面受詞的補語可為形容詞、原形動詞或名詞。

語 (complement)，這時要特別注意，let 後面受詞的補語只能用原形動詞。let 的三態變化為 let let let。最簡單的句子是：

▶ Let him go! (讓他去！)　　　　　　　　　　　　　　　(8–145)

通常我們會用兩句諺語來教 let 後面受詞的補語是原形動詞：

▶ Let sleeping dogs lie. (讓睡覺的狗躺著。)　　　　　　(8–146)

(引申的涵義是：「別惹事生非，別興風作浪。」)

▶ Let bygones be bygones. (讓過去的事成為過去。)　　(8–147)

(8–146)，(8–147) 兩句中的 lie (躺) 和 be (是 am、is、are 的原形動詞) 都是原形動詞。(8–145) 句 "Let him go!" 切不可寫成 "Let him goes!" (×) 或 "Let him went!" (×) 或 "Let him to go." (×)。再看以下的例句：

Let him come! (讓他來！)

Let him come in! (讓他進來！)

在甘迺迪總統就職演說中有 "let" 的句子：

▶ Let the word go forth from this time and place, ...　　(8–148)

(讓這句話從此時此地傳揚下去⋯)

▶ Let every other power know that this hemisphere intends to remain the master of its own house.　　　　　　　(8–149)

(讓其它的列強都知道這個半球要自己當家作主。)

我們再看一些 let 的例句：

▶ Let him do what he likes. (讓他做自己喜歡做的事。)

▶ Let there be no mistake about it. (這事絕對不容有錯。)

切記不可寫成 "Let there is no mistake about it." (×)。句中 is 要改為原形動詞 be！

▶ Let me see. (讓我想想。)

▶ Let's have a party. = Let us have a party. (讓我們聚一聚。)

▶ Let us pray. (讓我們來祈禱吧。)

▶ Let it be there. (讓它留在那兒。)

▶ Let us never fear to negotiate. (讓我們不要害怕談判。)

▶ Let it go at that. (就到此為止。)

▶ Let him do it. (讓他做這事。)

▶ He lets me rest in fields of green grass. (他讓我在綠草原上休息。)

(3) leave

leave (離開) 的三態變化為 leave left left，請看下列例句：

▶ He left Tainan. (他離開了台南。)

▶ He left Tainan for Taipei. (他離開台南去到台北。)

現在我們看 "leave" 的另一用法：

▶ He leaves the door open. (他任由門開著。)   (8–150)

▶ He leaves the window closed. (他任由窗戶關著。)   (8–151)

如果有人說：「他任由門……。」這個句子是不完整的。沒有完整意義
的一些字湊合在一起不叫做 「句子」 (sentence)，而稱之為 「片語」
(phrase)。

　　請注意 "leave" 後面受詞的補語是形容詞， (8–150) 中 open 是動
詞，也是形容詞，例如：

▶ I open the door. (我開門。) (open 是動詞)

▶ The door is open. (門是開著的。) (此處 open 是形容詞)

在 (8–150) 中的 open 不是動詞的形式，而是形容詞！ (8–151) 中

closed 是 close 的過去分詞。 close (關) 的三態變化為 close　closed
closed。

　　動詞當然不能直接當形容詞用，但將它變為過去分詞 (或現在分
詞) 就可做形容詞之用。「過去分詞做形容詞用有被動的意味。」這是
要牢牢記住的歌訣。例如：

　　▶ The door is closed. (這門是關著的。)　　　　　　　　(8−152)
這裡的 closed 是 close 的過去分詞，當形容詞用，有被動的意味。
(8−152) 的實際意思是「這門是被關著的」，其中有一個「被」字，但
實際上在說話的時候，不說「被」字，而是「這門是關著的」。

　　現在我們回頭看 "leave" 這個不完全及物動詞後面受詞的補語，
我們知道這個補語是形容詞，請看以下很有名的一句話，這句話出自
聖經 (The Good News Bible)：

If a man has one hundred sheep and one of them gets lost, what
does he do? He leaves the other ninety-nine sheep eating grass on the
hillside and goes to look for the lost sheep. (如果一個人有一百隻羊而
其中一隻走失了，他該怎麼辦？他會任由其它九十九隻羊在山坡上吃
草而去找那隻走失的羊。)　　　　　　　　　　　　　　(8−153)
(8−153) 句中的 "leaves" 是 「任由」 的意思，其受詞是 "the other
ninety-nine sheep"，而此受詞的補語是後面的 "eating"，為何要把 eat
加 ing 而變成現在分詞 eating？因為我們知道 leave 後面受詞的補語要
用形容詞，而 "eat" 是動詞，所以要把 eat 變為現在分詞才能當形容詞
用，有一口訣是：「現在分詞當形容詞用有主動的意味。」

　　(8−153) 句中的 eating 不能寫成 eat。請各位特別注意，最後一句
話裡有兩個動詞。"He leaves...and goes..." 主詞是 He。在我教了幾十

年的書，曾經有一位學生做如下翻譯，當下引起全班哄堂大笑。他說：

「如果一個人有一百隻羊，其中一隻走失了，他該怎麼辦？他就離開其它九十九隻羊到山邊去吃草。」

試問 He leaves the sheep _____ by the tiger.，空格中該填 eat、eating 或 eaten 呢？當然是填過去分詞 eaten！意為「他任由這隻羊被老虎吃。」

請再看以下句子：

- ▶ The mother left her baby. (這位媽媽離開她的寶寶。) (8–154)
- ▶ The mother left her baby sleeping in her arms. (8–155)
  (這位媽媽任由她的寶寶睡在她懷裡。)
- ▶ The mother let her baby sleep in her arms. (8–156)
  (這位媽媽讓她的寶寶睡在她懷裡。)

(8–154)～(8–156) 三句話中的受詞都是 her baby，(8–154) 的 her baby 是受詞，不須加補語，因為「媽媽離開了寶寶。」就是一個完整的句子，不須加補語在 her baby 的後面。但 (8–155) sleeping 是受詞 her baby 的補語要用 sleep 的現在分詞 sleeping，因 sleep 是動詞，不能做形容詞之用，要變成 sleeping 之後才能做形容詞。(注意不可變成過去分詞 slept！)

(8–156) 句中用的是 let (讓)，其受詞 her baby 後面的補語當然要用原形動詞 (sleep)。這三句寫在一起，可做比較之用。

(4) have

"have" 明明是「有」的意思，怎麼現在把它列為「不完全及物動詞」呢？其實 have 也是動詞，其三變化為 have　had　had (has　had　had)

例如：

　　I have a new villa. (我有一棟新別墅。)

　　I had much money. (我曾經有很多錢。)

　　I have had much money. (我已經有很多錢。)

但現在我們來看一些句子，請看：

　　▶ I have him cut my hair. (我叫他剪我的頭髮。)　　　　(8–157)

句中的 cut (剪、割、切) 三態變化都一樣，為 cut cut cut。所以看不出 (8–157) 句中的 cut 到底是原形或過去分詞，但從以下的例子就可以很容易看清楚：

　　▶ I have him fix my radio. (我叫他修我的收音機。)　　(8–158)

(8–158) 中的 "I have him..." 不是「我有他」，而是「我要他……」或「我叫他……」，這樣的句子當然語意不完全，所以受詞 him 後面一定要接補語，而這補語 "fix my radio" 中的 fix 是原形動詞，所以得到的結論是 "have" 後面受詞的補語用原形動詞。因此 (8–157) 句中的 cut 應是原形動詞，而非過去分詞！

　　但問題來了，請看下面的例句：

　　▶ I have my hair cut. (我叫人剪我的頭髮。)　　　　　(8–159)

(8–159) 句切不可譯成「我有我的頭髮剪。」而是「我叫別人剪我的頭髮。」，不是：

　　▶ I cut my hair. (我剪我的頭髮。)　　　　　　　　　(8–160)

(8–159) 句中 my hair 是 have 的受詞，而 cut 是受詞的補語，它是過去分詞，不是原形動詞，這與 (8–157) 句是完全不同的。另外請看相類似的句子：

　　▶ I have my radio fixed. (我叫人修我的收音機。)　　　(8–161)

(8–161) 句中的 fixed 是 fix 的過去分詞，fix 是規則動詞。從上面的說明可看出 (8–157)、(8–158) 句中的受詞是人，所以補語是原形動詞；而 (8–159)、(8–161) 句中的受詞是物，所以補語是過去分詞。

　　了解上面所說的道理之後，請看以下兩句：

> I have him build my villa. (我叫他建我的別墅。)
> I have my villa built. (我叫人建我的別墅。)

至於叫誰建別墅並未確定，但肯定不是我自己建。

　　學英文就是要把握重點，然後不斷的練習，自然就會把英文學好，"You will be good at English." (你將會精於英文)，而且要常常記住 "Practice makes perfect." (熟能生巧) 這句話的真諦。繼續努力，專心細心勤讀，必然有美好的成果。

第9訣　三種語氣

　　某人說話口氣不好，是指他(或她)遣詞用字或聲調語氣 (mood) 不好。日常生活中所說的「口氣」相當於文法所稱的「語氣」。語氣可分三種：

(1) 平述語氣 (indicative mood)

(2) 祈使語氣 (imperative mood)

(3) 虛擬語氣 (或假設語氣)(subjunctive mood)

9–1 平述句

　　敘述事實或說明事情用平述語氣或平述句。例如：

▶ This villa is very expensive. (這棟別墅很貴。)

▶ He used to get up early. (他以前慣於早起。)

這類的句子不勝枚舉。

9–2 祈使句

　　向神明祈福或向他人求助、命令他人或指使他人要用祈使句或祈使語氣。例如：

▶ May God bless you! (願神祝福你！)

▶ Our Heavenly Father: May your NAME be honored.

　　　　　　　　　　May your Kingdom come.

(在天上的父：願祢的名受到尊崇，願祢的國度來臨。)

▶ Please help me! (請幫助我！)

▶ Leave me alone! (讓我一個人獨處！)

(即「別煩我，走開！」是較客氣的說法。)

▶ Take it! (拿去！)

▶ Go away! (走開！)

▶ Get out! (滾出去！) (不客氣的說法。)

9–3 虛擬句

　　平述句和祈使句易學易懂，但虛擬句是虛構的，顧名思義，它是虛無飄渺，是「虛幻的」(imaginary)，或「不是真實的」(not real)，而是與事實相反，這牽涉到「實」與「虛」的問題。

　　在數學的領域裡，數有實與虛之分。數可分為實數 (real number) 和虛數 (imaginary number)。實數是實際的數，例如整數 1, 2, 3, ...；分數 $\frac{2}{3}, \frac{3}{4}, \frac{6}{5}, ...$；小數 0.7, 2.8, 97.737, ...；循環小數 0.131313...；無理數 $\sqrt{2}, \sqrt{3}, \sqrt{5}, ...$。以上諸數的負值也屬實數，這些數 (無論正或負) 的平方 (自己乘自己) 都是正數。所以凡一數的平方若為正數，則該數為實數。

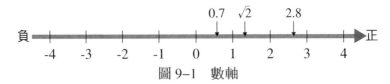

圖 9–1　數軸

　　在上圖所示的數軸 (number axis) 上，無論正負，任一實數皆占有一席之地。

　　為了因應工程上的需求 (尤其是電機系)，聰明的人發明了與實數遙相呼應的虛數 i。為何選用字母 i 代表虛數，乃是因取 imaginary 一字的第一個字母 i〔註〕。虛數的特性是 i 的自乘等於 −1，即：

$$i^2 = -1$$

於是 −1 的平方根定義為 i，即：

$$i^2 = -1$$

$$或 i = \sqrt{-1}$$

天地間任一「實數」自乘都是正數，但 i 自乘卻是 −1！不可思議吧！

　　各位一定會心生疑問，明明是在探討英文中的虛擬句，怎麼會講到虛數 i (數學中很奇妙的數) 呢？我們只是想藉此說明天地間的道理都是相通的。數學中有虛數，其表示法與實數不同，正如英文中有虛擬句，其表示法與真實的句子 (平述句和祈使句) 不同是一樣的道理。

　　虛數對應於實數，猶如水中月鏡中花對應於真實的天上月和地上花一樣。

　　如何表達虛擬語氣？如何寫出虛擬句？首先我們要知道虛擬句是與事實相反的，而事實又可分為現在事實、過去事實和未來事實，我們先看中文如何表達虛擬句，然後看英文如何表示。

(1) 與現在事實相反的虛擬句

　　口訣：「與現在事實相反的虛擬語氣要用過去式。」例如 A 不在這裡，而只有他才能幫助 B，於是 B 就用虛擬句說：

　　　「倘若他現在在這裡該有多好，他就會幫我了。」　　　　　(9–1)

(9–1) 句中的「該有多好」表達的就是虛擬的意思。

〔註〕由於在電機工程中 i 用表示電流 (current)，為避免混淆，所以改用 i 的次一個字母 j 表示虛數，即 $j^2 = -1$。

這句話若寫成：

▶ "If he is here now, he will help me." (9–2)

那就錯了，(9–2) 是條件句，沒有虛擬的味道，意思是：

「他若在這裡，他就會幫助我。」 (9–3)

(9–1) 虛擬句是將 (9–2) 中的動詞改為過去式，is 不能改為 was，為表達虛擬，故意寫成 were；will 改為過去式 would。於是 (9–1) 的英文是：

▶ "If he were here now, he would help me." (9–4)

一看便知這是虛擬句，因為它與現在事實相反。實際上，A 目前不在這裡，因此 A 不會幫助 B。

(In reality, A is not here. Therefore, A will not help B.) (9–5)

另外我們再看一句：

▶ If he came here, he would get the prize. (9–6)

（倘若他現在來該有多好，他就能得到這獎品了。）

▶ If I had much money, I would buy the villa. (9–7)

（倘若我有很多錢該多好，我就會買這棟別墅。）

筆者最喜愛的一句虛擬句是：

▶ If I were a king, I would buy a diamond ring. (9–8)

（倘若我是國王該多好，我就會買一隻鑽戒。）

唸起來押韻。學英文就是要找一些有韻律的典型句子掛在嘴邊唸，唸久了，文法自然就融會貫通。

(2) 與過去事實相反的虛擬句

口訣：「與過去事實相反的虛擬語氣要用過去完成式。」例如：A 昨天不在這裡，而只有他才能幫助 B，於是 B 用虛擬句說：「倘若昨天他在這裡該多好，他早就幫助我了。」

既然要用到過去完成式，我們就先寫出主要子句的各種時態形式：

他在這裡。
　He is here. (他在這裡。) (現在式)　　　　　　　　　　(9-9)
　He was here. (他曾在這裡。) (過去式)
　He has been here. (他已經在這裡。) (現在完成式)
　He had been here. (他過去已在這裡。) (過去完成式)

他幫助我。
　He helps me. (他幫助我。) (現在式)　　　　　　　　　(9-10)
　He helped me. (他曾幫助我。) (過去式)
　He will help me. (他將會幫助我。) (未來式)
　He would help me. (他會幫助我。) (過去未來式)
　He would have helped me. (他早已幫了我。) (過去完成式)

將 (9-9) 和 (9-10) 組合起來就得到我們所要的句子：

▶ If he had been here yesterday, he would have helped me.　(9-11)

實際上，他昨天並不在這裡，因此他沒幫上我的忙。

(In reality, he was not here yesterday. Therefore, he did not help me.)

我們將 (9-6) 句變成與過去事實相反：

▶ If he had come here yesterday, he would have got the prize.

　(倘若他昨天來了該多好，他就得到這獎品了。)　　　　(9-12)

將 (9-7) 句變成與過去事實相反：

▶ If I had had much money yesterday, I would have bought the villa.　　　　　　　　　　　　　　　　　　　　　(9-13)

　(倘若我昨天有很多錢該多好，我就買下這棟別墅了。)

實際上，他昨天沒有很多錢，因此，他沒買下這棟別墅。

(In reality, he did not have much money yesterday. Therefore, he did not buy the villa.)

　　同樣將 (9–8) 句變成與過去事實相反：

　　▶ If I had been a king, I would have bought a diamond ring.

　　(倘若我曾經是國王該多好，我就會買一隻鑽戒了。)　　　(9–14)

但實際上，我以前不是國王，因此，我沒買一隻鑽戒。(But in reality, I was not a king. Therefore, I did not buy a diamond ring.)

⑶ 與未來事實相反的虛擬句

　　與未來事實相反的虛擬語態要用「特別式」！

　　特別式是一種特別的句型，稍後再詳細說明。首先我們先看「與未來事實相反」這句話的涵義，我們會問：「既然是未來，當然是還沒到來的將來時日，怎麼可能有事實呢？」誰能「預知」第二天一定會發生什麼事情呢？人不是神，當然無法預測未來會發生什麼事，但我們依常理推斷，可預測未來某件事情會發生的可能性或概率 (probability)。例如按常理；太陽每天從東邊升起，不可能從西邊升上來，明知明天太陽不會從西邊升起來，可是我們故意虛擬明天太陽從西邊上升，這就是與未來事實相反。我們常聽人說：「要是明天太陽打從西邊升起來，我就……。」例如媽媽要逼女兒嫁給李阿達，女兒寧死不從，於是她說：「要是明天太陽打從西邊升起來，我就會嫁給他。」英文要怎麼說呢？不可寫成："If the sun rises in the west tomorrow, I will marry him."（×）。要用特別式，請看如何寫：

　　▶ "If the sun were to rise in the west tomorrow, I would marry him."　　　　　　　　　　　　　　　　　　　　　　(9–15)

實際上，明天太陽不會打從西邊升起 (絕不可能發生的未來事實)。因此她不會嫁給他。

(In reality, the sun will not rise in the west tomorrow. Therefore, she won't marry him.) (9–16)

一旦觀念弄通，就能舉一反三，無往不利了。

又例如，女兒交了一個不長進的男友，她的父親非常不悅，極力反對，女兒卻要邀男友次日到家中開派對，父親聞之大怒，對女兒說：「明天他膽敢來的話，我會把他揍扁。」

▶ "If he were to come tomorrow, I would beat him to death." (9–17)

(9–17) 句所表達的意思是她女兒的男友絕不敢來，來的可能性是零。因為句型是 were to...。但若是她的男友「萬一」會來，這時我們如何表示未來虛擬句呢？我們可用另一種形式：

▶ "If he should come tomorrow, I would beat him to death." (9–18)

(9–18) 句中用 should 而不用 were to，表示他來的可能性很小，但「萬一」她男友來的話，他一定會把他揍扁。

我們再舉例說明：氣象預報明天不會下雨，所以明天我們要去釣魚。但天有不測風雲，「明天『萬一』下雨，我們就不去釣魚了。」這句的寫法仿 (9–18)：

▶ "If it should rain tomorrow, we would not go fishing." (9–19)

萬一下雨的話，「我們會留在家裡做功課。」(We would stay at home doing our homework.)

請問下句該用 were to... 或 should... 呢？

「倘若海水枯竭了，我才會忘了她。」

當然要用 were to...，因為海水是不會枯竭的，海水枯竭的概率是零，不可能發生，所以我也不可能忘了她。

▶ "If the sea were to dry up, I would forget her." (9–20)

再看以下的句子該用 were to... 或 should... 呢？

「萬一明天她不來這裡，你該怎麼辦？」

她明天來的概率是百分之九十九點九九……，不來的概率極小，但萬一不來，當然用 should...。

▶ "If she should not come tomorrow, what would you do?" (9–21)

9–4 條件句與虛擬句的差異

一對夫妻經常逛百貨公司。太太看中櫥櫃裡的一隻十萬鑽戒，請聽先生對太太說話的語氣，若說的是下句：

▶ "If I have much money, I will buy the diamond ring for you."

(我如果有很多錢，我就會為你買下這隻鑽戒。) (9–22)

太太一聽到是條件句，她知道先生現在雖然沒有很多錢，但有朝一日，等他有錢了，他就會買給她。於是她心中充滿了希望，因為他講的話是條件句。

但如果她先生說的話是這樣的句子：

▶ "If I had much money, I would buy the diamond ring for you."

(我現在倘若有很多錢該多好，我就為你買這隻鑽戒了。)(9–23)

太太一聽就知道沒希望了，因為她先生講的話是假設語氣，是虛擬句，是與現在事實相反的虛擬語氣。他沒有這麼多錢，所以用虛擬句說說，安慰太太而已。

然而，事情有了轉折，一個星期後，這位先生吉星高照，中了十萬樂透，於是帶太太去同一家百貨公司，要買他太太喜歡的那隻鑽戒。可是不巧的是那隻鑽戒早已被買走了，於是先生用虛擬句說：

> ▶ "If I had had much money last week, I would have bought that diamond ring for you."　　　　　　　　　　　　　　　(9–24)

(倘若上星期我有很多錢該多好，我早就為你買下那隻鑽戒了。)

不過太太這時看上了另一隻鑽錶，要價廿萬元，先生可用虛擬句說：

> ▶ "If I had two hundred thousand dollars, I would buy the diamond watch for you."　　　　　　　　　　　　　　　　(9-25)

(倘若我現在真有廿萬元該多好，我就會為你買這隻鑽錶了。)

可是他身上只有十萬元，還差十萬元。於是他又用虛擬句，明知第二天不可能有廿萬元，卻用與未來事實相反的虛擬句：

▶ "If I <u>were to have</u> two hundred thousand dollars tomorrow, I <u>would</u> buy the diamond watch for you." (9-26)

(倘若明天我真的有廿萬元，我就會為你買這隻鑽錶。)

太太一聽就知明天不可能買到這隻鑽錶，於是希望再度破滅。一個人講話若常常喜歡用虛擬語氣，表示他缺乏信心，或對事情感到無奈。再繼續看以下句子：

▶ If I <u>have</u> time, I <u>will</u> help you. (9–27)

(我若有時間，我就會幫你。) (條件句)

▶ If I <u>had</u> time, I <u>would help</u> you. (與現在事實相反的虛擬句用過去式)

(我倘若真有時間該多好，我會幫你的。) (9–28)

In reality, I have no time now. Therefore, I won't help you.

(實際上，我現在沒時間。因此，我不會幫你。) (9–29)

▶ If I <u>had had</u> time that day, I <u>would have helped</u> you. (9–30)

(我那天倘若真有時間該多好，我早就幫你了。)

(與過去事實相反的虛擬句用過去完成式)

In reality, I had no time that day. Therefore, I could not help you. (實際上，我那天沒時間。因此我無法幫你。) (9–31)

▶ If I <u>were to have</u> time next week, I <u>would</u> help you. (9–32)

(倘若我下星期有時間該多好，我就會幫你。)

(與未來事實相反的虛擬句)

In reality, I won't have time next week. Therefore, I won't help you. (實際上，我下星期沒有時間。因此，我不會幫你。)(9–33)

9-5 虛擬句與條件句的練習

現在請看以下虛擬句。

▶ If I were a bird, I could fly high in the sky.

(倘若我是隻鳥該多好，我就能高高的飛在天上。)

(這是與現在事實相反的虛擬句，要用過去式。)

In reality, I am not a bird. Therefore, I can not fly high in the sky. (實際上，我不是鳥。因此，我無法高高的飛在天上。)

▶ If I had gone to Taipei yesterday, I would have seen her.

(倘若我昨天去了台北該多好，我就早已看到她了。)

(這是與過去事實相反的虛擬句，要用過去完成式。)

In reality, I did not go to Taipei yesterday. Therefore, I did not see her.

(實際上，我昨天沒上台北。因此，我沒見到她。)

▶ If he were to come here tomorrow, I would give him a villa.

(倘若他明天真的會來這裡，我就送他一棟別墅。)

(這是與未來事實相反的虛擬句，要用特別式。) (were to..., would...)

In reality, he won't come here tomorrow. Therefore, I won't give him a villa.

(實際上，明天他絕不會來。因此，我不會送一棟別墅給他。)

▶ If I have a shovel, I can dig a big hole.

(如果我有一把鏟子，我就能挖一個大洞。)

(這是條件句，所以用現在式。)

▶ If I had a shovel now, I could dig a big hole.

(倘若現在我有一把鏟子該多好，我就能挖一個大洞了。)

In reality, I don't have a shovel now. Therefore, I can not dig a big hole.

(實際上，我現在沒有一把鏟子。因此，我也無法挖個大洞。)

▶ If I had had a shovel yesterday, I could have dug a big hole.

(倘若昨天我有一把鏟子該多好，我早就能挖一個大洞了。)

In reality, I didn't have a shovel yesterday. Therefore, I could not dig a big hole.

(實際上，我昨天沒有鏟子。因此，我無法挖一個大洞。)

▶ If I were to have a shovel tomorrow, I would dig a big hole.

(明天我真的有一把鏟子該多好，我就能挖一個大洞。)

In reality, I won't have a shovel tomorrow. Therefore, I will not dig a big hole.

(實際上，我明天不會有鏟子，因此，我也無法挖一個大洞。)

練習

請將以下句子 (包括條件句和虛擬句) 譯成英文。

1. 現在若是下雨該多好，我們就可以到公園散步了。

_____

2. 昨天下了雨該多好，我們早就可到公園散步了。

_____

3. 倘若明天真的會下雨，我們才到公園散步。

_____

4. 凡遇雨天，我們就到公園散步。(條件句)

_____

5. 你若努力工作，就會得獎。(條件句)

_____

6. 你以前倘若真的努力工作該多好，你早就得獎了。

_____

7. 你明天若真能在五點起床，你就能看到太陽自水平線 (horizon) 上升起。

_____

8. 他只要來這裡，我就送他一枝鋼筆。(條件句)

_____

9. 他現在倘若真來這裡，我就送他一枝鋼筆。

_____

10. 他上星期倘若真的來到這裡該多好，我早就送他一枝鋼筆了。

_____

11. 他下星期果真來這裡，我就會送他一枝鋼筆。

_____

解答

1. If it rained now, we would take a walk in the park.

2. If it had rained yesterday, we would have taken a walk in the park.

3. If it were to rain tomorrow, we would take a walk in the park.

4. If it rains, we will take a walk in the park.

5. If you work hard, you will win the prize.

6. If you had worked hard, you would have won the prize.

7. If you should get up at five o'clock tomorrow, you could see the sun rising from the horizon.

8. If he comes here, I will give him a pen.

9. If he came here now, I would give him a pen.

10. If he had come here last week, I would have given him a pen.

11. If he were to/should come here next week, I would give him a pen.

柯平愛女:

爸爸現在跟好一起讀英文文法,以下是錄音帶(69.12.24)上的內容。一面聽,一面對照看。

這個表要記熟,要背心念。

人稱	單數	複數
第一人稱	I (我)	we (我們)
"二"	you (你好)	you (你們)
"三"	he, she, it 他 她 它牠	they (他們)

動詞

I see this man.　　We see this man.　　懂並不代表難。
You see " "　　You " "　"
He sees " "　　They " "　"
第三人稱,單數,現在式 動詞要加 S

看: see(現在式) saw (過去式)　今天　　　　是副詞,要放在最後面.
I see this man today. 今天　　I today see this man.
He saw this man yesterday.

有: have
I have a book.　　We have a book.
You have a book.　You " " "
He has " "　　They " " "

I see a dog.　　We see a dog.
You " "　　You " " "
He sees a dog.　They " " "

I see a bird.　　We see a flower.
You " "　　You " " "
He sees　　They " " "

I have a book.　　We have books.
You " "　　You " " "
He has " "　　They " " "

動詞遇到第三人稱,單數,現在式 時才變化,後面加 S.

Do, does
I do it.　　　We do it.
You " "　　　You do it.
He do it. (不行,錯)　They do it.
He does it.　　does

我看到一支狗.(肯定) I see a dog.
我沒看到一支狗.(否定) I not see a dog.(中江邦武文) I do not see a dog.
I see not a dog.(初江美文)　You do " " " ".
　　　　　　　　　　He do " " " ".
　　　　　　　　　does

第二面：

讀音要自然，要學腔調　台語也有腔調（你有看到一支貓嗎沒？）

Do you see a cat? Do you see a dog?

Does it have long arms?

肯定 Yes, it has long arms.　否定 No, it does not have long arms.

Yes, it does.　No, it doesn't.

Do you go to school?　Yes, I go to school.

No, I do not go to school.

He goes to school.（敘述句）　Goes he to school?

Does he goes to school?

Does he go to school?　Yes, he goes to school.

No, he does not go to school.

我喜歡你。

I like you.（敘述句）　疑問句加do！Do I like you?　Yes, I like you.

No, I do not like you.

You like the dog.　Do you like the dog?　Yes, I like the dog.

No, I do not like the dog.

He likes the dog.　Does he like the dog?　Yes, he likes the dog.

No, he does not like the dog.

錯　昨、教夜　熬

好好聽爸爸的錄音，可以和弟弟們一起聽，他們也可跟好一起唸，好也可以教他們，用遊戲的方式，唸錯不要罵。有問題再告訴爸爸。英文不難，文法通，生字多記自然可以學好。數學也不難，比英文簡單，要通道理，切不可死記題目，一定要理解。凡事一定有法則，讀書就是要讀通此法則。讀書不可太久，太久會傷眼，最好不超過一小時，要常閉目養神，或盡量看遠處，不要讓眼睛近視度數加深。

好的「是」不可寫成「是」，要改進。

爸寫的信要收好，不能亂丟。這是培養自己收集資料的好機會，好切不可錯過。這次說明的問題都清楚了嗎？繼續跟爸爸寫信，爸爸會抽空和好一起複習英文，好把爸爸的說明用一本簿子整理起來，有疑問處自己加以說明，以後複習才快。

祝好　進步健康快樂

爸爸字　69.12.25（四）西德

白色的驚嘆——蛋雕大師 關椿邁

一支手術刀，經由醫生的妙手，使得多少病患得以重生。

同樣的一支手術刀，在蛋雕大師關椿邁的妙手刻劃下，使得多少原本將被丟棄的蛋殼綻放出人類藝術創作史上空前燦爛奪目的光芒。

環境對一個人的成長有巨大的影響，關椿邁出生於繪畫家庭，從小所受到的藝術薰陶，使他培養出日後對藝術創作的濃厚興趣。偶然的靈感有時也會造就出一位大師級的人物。三十多年前，在故宮博物館附近營區服兵役的關椿邁，每逢假日，當別人急著返家之際，他卻促促跑進故宮。最令他印象深刻的是那一層包一層的象牙球。退役之後，他試著想自己雕象牙球，但一塊價值高達七、八萬的象牙材料，使他望而卻步。

在人生的旅途中，總會有峰迴路轉的時刻。約在三十年前，朋友因關椿邁的妻子即將臨盆送來的幾隻雞中，有一隻生了顆蛋，關椿邁握在手中，頓覺白白的蛋殼正像極了象牙。

一個人的特殊成就常繫於一念間、一瞬間、一線間。關椿邁在手握雞蛋的那一瞬間，興起了蛋雕一念，而那在一線間的第一刀便揭開了他蛋雕生涯的序幕。在往後一萬多個日子裡，關椿邁不畏人譏，以

萬紫千紅艷陽處

堅忍的毅力，修禪的功夫，在不到三坪陋室的小書桌旁一盞小燈下，一手握蛋，一手持手術刀，一劃一劃的雕刻。在他禪定的刻劃中，關椿邁全神貫注在手中的蛋殼上。霎時間，蛋殼好似化作無垠的大地，手上的雕刀恰似造物主的雙手，造就了大地的奇景異像。多少歲月過去了，最初所用的普通雞蛋，乃至往後的駝鳥蛋、鴯鶓蛋上，先後雕刻出巧奪天工的藝術極品。

在他稱為「滿天星」的蛋雕作品中，可將一萬兩千多個小孔雕滿在一個小小的蛋殼上，轉開置於蛋中的小燈，從小孔穿出的亮光，如同滿天星斗。由鴯鶓蛋雕成的「仙樂飄飄處處聞」 作品中，只見小小的蛋殼上，有兩位仕女正在對奕。棋盤、旗子、仕女纖細手指落子清晰可見。桌邊還站著兩個丫鬟在觀棋，神情怡然，細看有如繪於紙上的圖畫，不像是刻在弧形曲面蛋殼上的雕刻作品。

仙樂飄飄處處聞

古今中外，有太多石刻、竹刻、木刻以及微雕如米雕、髮雕、象牙雕的藝術雕刻極品，但像關椿邁有如鬼斧神工雕刻的傑作者，可謂前無古人。在「萬紫千紅艷陽處」的作品中，關椿邁用極細的毛筆，從幾乎微不可見的小孔深入到蛋殼的內壁彩繪而成，投射燈未開之前，不見一物，在投射燈照射下，呈現出多彩的紅花綠葉。

曾在國內故宮博物館，也在美國舉行過蛋雕展的關椿邁被問到能有如此出神入化的蛋雕境界是否天才為必要條件時，終生獻身藝術創作的關椿邁卻引用了科學家愛迪生的一句名言：「天才是一分的靈感加上九十九分的汗下。」的確不錯，關椿邁的每件作品都是一絲的靈感加上一刀一毫米以無限的毅力、耐力刻劃而成的。

雲深不知處

最引人入勝，百思不解的是比象牙球更神奇的作品──「雲深不知處」。象牙球應用鏤刻的效果，可以在球中刻球，使大球包小球，球中有球 (balls-within-balls)。但是蛋殼只是薄薄的一層，關椿邁卻可將八個大小不同的蛋殼完整地套在一起，形成蛋中有蛋 (eggs-within-eggs) 的極晶。這種空前的作品激起故宮博物館前館長秦孝儀的好奇，他召集若干專家學者，成立研究小組，專門研究蛋中的蛋是怎麼放進去的。最後得到的結果是大家一臉茫然。秦前館長曾公開請教關椿邁，關笑而不答，秦說那是藝術家的智慧財產。如今，象牙球的奧秘已為人知，唯「雲深不知處」的蛋中蛋之謎卻無人能解。

關椿邁的作品令人不忍釋「跟」，以鴕鳥蛋雕成的「殘蟬」、「竹籬外的春天」等都是曠世傑作。從關椿邁一件又一件的作品中，所展現出來的不只是他的靈性巧思，不只是他的細膩雕工，不只是他那動人的圖案，更是他在創作過程中所展現出來的驚人恆心與定力。每件作品都要經過千百萬刀的刻劃，而關椿邁求真求善的固執，流露在他的一刀一劃中，像千里鐵軌不容有一小段瑕疵一樣。關椿邁對作品的要求是盡善盡美，在他的思維中，「蛋雕只有零分或一百分，沒有九十九分！」寬人嚴己的關椿邁往往在花費四、五十個小時，眼看作品即將完成，但最後一刀出現了破綻，儘管旁人察覺不到，關椿邁卻不容自己過關，毫不猶豫無怨無悔立即把整個作品捏碎！關椿邁的蛋雕不只是一種藝術極品，它更是真善美的化身，它為觀賞蛋雕作品者帶來無盡的省思，也為他們帶來無限的感嘆。

文：毛齊武　圖：關椿邁提供

變化形式 中譯	現在式	過去式	過去分詞	現在分詞
打	beat	beat	beaten	beating
咬	bite	bit	bitten	biting
建造	build	built	built	building
打破	break	broke	broken	breaking
生育	bear	bore	born	bearing
弄彎	bend	bent	bent	bending
帶來	bring	brought	brought	bringing
流血	bleed	bled	bled	bleeding
綑綁	bind	bound	bound	binding
變為	become	became	become	becoming
開始	begin	began	begun	beginning
打賭	bet	bet	bet	betting
吹	blow	blew	blown	blowing
廣播	broadcast	broadcast	broadcast	broadcasting
燃燒	burn	burnt	burnt	burning
爆裂	burst	burst	burst	bursting
買	buy	bought	bought	buying
能	can	could	——	——
捉	catch	caught	caught	catching
選擇	choose	chose	chosen	choosing
花費	cost	cost	cost	costing
來	come	came	come	coming
攀附	cling	clung	clung	clinging
匍匐	creep	crept	crept	creeping
切割	cut	cut	cut	cutting
喝	drink	drank	drunk	drinking

中譯 \ 變化形式	現在式	過去式	過去分詞	現在分詞
死	die	died	died	dying
挖	dig	dug	dug	digging
駕駛	drive	drove	driven	driving
做	do	did	done	doing
畫	draw	drew	drawn	drawing
夢	dream	dreamt	dreamt	dreaming
吃	eat	ate	eaten	eating
逃	flee	fled	fled	fleeing
發現	find	found	found	finding
落下	fall	fell	fallen	falling
餵食	feed	fed	fed	feeding
感覺	feel	felt	felt	feeling
打仗	fight	fought	fought	fighting
飛	fly	flew	flown	flying
預測	forecast	forecast	forecast	forecasting
忘記	forget	forgot	forgotten	forgetting
原諒	forgive	forgave	forgiven	forgiving
凍結	freeze	froze	frozen	freezing
去	go	went	gone	going
得到	get	got	got(ten)	getting
生長	grow	grew	grown	growing
磨研	grind	ground	ground	grinding
給	give	gave	given	giving
聽	hear	heard	heard	hearing
掛、懸	hang	hung	hung	hanging
絞死	hang	hanged	hanged	hanging
躲	hide	hid	hid (den)	hiding
打	hit	hit	hit	hitting
握住	hold	held	held	holding

中譯 ＼ 變化形式	現在式	過去式	過去分詞	現在分詞
傷害	hurt	hurt	hurt	hurting
保持	keep	kept	kept	keeping
知道	know	knew	known	knowing
借給	lend	lent	lent	lending
領導	lead	led	led	leading
躺	lie	lay	lain	lying
說謊	lie	lied	lied	lying
放置	lay	laid	laid	laying
輸	lose	lost	lost	losing
離開	leave	left	left	leaving
讓	let	let	let	letting
遇到	meet	met	met	meeting
弄錯	mistake	mistook	mistaken	mistaking
誤解	misunderstand	misunderstood	misunderstood	misunderstanding
可以	may	might	——	——
克服	overcome	overcame	overcome	overcoming
睡過頭	oversleep	overslept	overslept	oversleeping
推翻	overthrow	overthrew	overthrown	overthrowing
放	put	put	put	putting
付	pay	paid	paid	paying
讀	read	read	read	reading
跑	run	ran	run	running
鈴鐺	ring	rang	rung	ringing
騎	ride	rode	ridden	riding
升起	rise	rose	risen	rising
看	see	saw	seen	seeing
說	speak	spoke	spoken	speaking
坐	sit	sat	sat	sitting
說	say	said	said	saying

變化形式 中譯	現在式	過去式	過去分詞	現在分詞
站	stand	stood	stood	standing
游	swim	swam	swum	swimming
睡	sleep	slept	slept	sleeping
花費	spend	spent	spent	spending
唱	sing	sang	sung	singing
下沉	sink	sank	sunk	sinking
搖擺	swing	swung	swung	swinging
搖動	shake	shook	shaken	shaking
發臭	stink	stank	stunk	stinking
賣	sell	sold	sold	selling
設定	set	set	set	setting
射擊	shoot	shot	shot	shooting
收縮	shrink	shrank	shrunk	shrinking
散布	spread	spread	spread	spreading
刺	stick	stuck	stuck	sticking
發誓	swear	swore	sworn	swearing
掃	sweep	swept	swept	sweeping
照耀	shine	shone	shone	shining
擦亮	shine	shined	shined	shining
關	shut	shut	shut	shutting
尋找	seek	sought	sought	seeking
偷	steal	stole	stolen	stealing
吐口水	spit	spit/spat	spit/spat	spitting
溢出	spill	spilt	spilt	spilling
分裂	split	split	split	splitting
螫	sting	stung	stung	stinging
邁大步走	stride	strode	stridden	striding
打擊	strike	struck	struck	striking
努力	strive	strove	striven	striving

變化形式 中譯	現在式	過去式	過去分詞	現在分詞
將	shall	should	——	——
拿	take	took	taken	taking
聽取懺悔	shrive	shrove	shriven	shriving
殺死	slay	slew	slain	slaying
撕裂	tear	tore	torn	tearing
想	think	thought	thought	thinking
告訴	tell	told	told	telling
興旺	thrive	throve	thriven	thriving
投	throw	threw	thrown	throwing
了解	understand	understood	understood	understanding
穿	wear	wore	worn	wearing
織	weave	wove	woven	weaving
贏	win	won	won	winning
繞	wind	wound	wound	winding
寫	write	wrote	written	writing
醒來	wake	woke	woken	waking
喚醒	wake	waked	waked	waking
將	will	would	——	——
抽回	withdraw	withdrew	withdrawn	withdrawing

　　以上是較常用的不規則動詞，宜熟記。當然還有很多的不規則動詞，記得越多越好。若能掌握動詞的變化，對各種時態的運用就易如反掌了。

英文奇言妙語
English Wits and Riddles

● 齊　玉 編著

　　學習英文，不應該只侷限於枯燥的文法及背誦單字！
　　有別於其它的英文學習書，《英文奇言妙語》帶您一窺英
文的奇妙之處。
　　閱讀謎語、名言和佳句，不但能訓練反應、培養智慧，更
能在無形中激發您的邏輯思考力和想像力。此外，也可以用英
文展現機智與幽默，使您在輕鬆愉快的氣氛中享受英文帶來的
歡樂。

英文文法入門指引
Basic English Grammar Guide

● 呂香瑩 著

(1)十三個精心整理的章節，讓您迅速掌握文法重點、提升英文程度。

(2)實用的內容、重點式的解析和即時演練，幫您破解文法上的難題。

(3)特別規劃『學習小秘訣』單元，協助您一眼就記住文法關鍵。

英文文法快速攻略

A Practical Guide to English Grammar

● 周　彥 編著

從國中銜接到高中職最有效的文法教材

(1)統整國、高中必備的基礎英文文法，讓您溫故知新，同時循序漸進地加強英文實力。

(2)以淺顯易懂的例句、簡單明瞭的圖表說明，讓您擺脫繁瑣的文法規則，重新學習英文文法。

(3)『停看聽』及實用演練習題單元讓您有效地奠定文法基礎，融會貫通重要概念。